JN039579

白鳥のいる場所

——ある障がい者支援施設の物語

下村　徹

Parade Books

目次

まえがき

この本は、サニーガーデンという障がい者を支援する施設で生活する障がい者と、その障がい者を支援する人々の物語です。

世の中に、自ら望んで障がい者になる人はいません。事故、災害、病気、絶望からの自殺の試み、または酷い家庭環境などから、障がい者になり、施設に入所されているのです。そして、その多くが生きる望みを失っているのが常です。

この物語は、一度は明日への希望を失った人びとが、再び希望を取り戻し生きていく、そしてその人々を支援していく障がい者支援施設の物語です。

第一話　火傷

令和元年の初春の寒い日のことである。

最近この施設で働き始めた新人の生活支援員の良子が、息を切らして庶務担当の橘（たちばな）部長のオフィスに駆け込んできた。

「どうしたの？」

橘部長が、いつもの優しい声で尋ねた。

「火傷をおわせちゃったんです」

「えっ、誰に？」

良子は消え入りそうな声で答えた。

「前田さんです」

橘部長は息をのんだ。

訴訟問題になるかもしれないと思ったからだ。

前田という女性は、この施設が開設された直後に、下半身が硬化する、多発性硬化症という難病で入ってきて、現在八十歳になる女性だ。

彼女は若くして結婚し、建築業の夫を助けて働いていた。

当時の女性としては珍しいダンプカーの運転手として夫の仕事を手伝ったという。

サニーガーデンに入る四年ほど前に夫を癌で亡くし、その後は建築の仕事を継いだ息子を助けていたが、その最中に発病し、その治療中に事故で左目の視力を完全に失っている。

現在の彼女の生き甲斐は、息子を助けて建築業を継いだ孫息子である。

この孫息子が福岡県で行われた大工の全国大会で優勝し、日本の代表としてロンドンで行われた世界大会で健闘したことが自慢で、皆に繰り返し話している。

この孫息子のこととなると、優しい祖母の顔になるが、若い頃から仕事に携わってきたからだろうか、気性に烈しいところがあり、自分が正当と思うことに関しては激しく要求することが多い。支援する者が対応に緊張する人物だ。

橘部長が、良子と一緒に前田婦人の部屋に駆け込むと、前田婦人は、ベッドに腰をかけ、足を「たらい」に向け、だらりとたらしている。その足首から足の甲のあたりまでの皮膚がペロリと剥がれている。予想していたより酷い。

良子によると、この日は特に寒かったので、風呂には入れない前田婦人の足だけでも温めてあげようと、「たらい」のお湯の温度を、四十五度ぐらいにしたという。前田婦人は、前に述べたように多発性硬化症で下半身に感覚がなく、熱いのに気が付かなかったのだ。たとえ気が付いても、足を持ち上げることは出来ない。そのことを良子はうっかり忘れていたのだ。

完全に支援上のミスだ。訴訟でも起こされたら施設側に勝ち目はない。大変なことになる。

橘部長が申し訳ないと謝り始めると、前田婦人が、遮った。

「いいんだよ。いいんだよ。この子は私が足を動かせないということを、ちょっと忘れちゃったんだよ。悪気はなかったんだ。許しておやりよ」

いつもの厳しい彼女とは思えない優しい言葉だった。

橘部長は、ふと思い出した。

この人は入所した時から左の目が見えず、右目だけで車椅子を動かしていたのだが、その頼りの右の目が白内障でだんだん見えなくなっていた。

白内障の手術を勧めたのだが、手術は嫌だと頑なに拒んでいた。だが、支援担当部長の高山と橘部長が絶対に大丈夫だからと根気よく説き、二十日ほど前に手術をし、すっかり見えるようになり、車椅子から身を乗り出して橘部長に抱き着いたほど喜んだ。

その白内障の手術以後、この前田婦人は、人が変わったように優しくなっていたのだ。

橘部長は前田婦人に詫びを繰り返し、火傷の手当てを良子と二人でした。

やがて許してくれることを確信して、もう一度詫びて部屋を出た。良子には、今後気を付けるようにと、優しく注意して事務所に引き返した。

そして人間は幸せだと人に優しくなるものだと改めて思った。

身体障がい者の世話をする生活支援の仕事は、大きく分けて物理的生活支援と精神的生活支援の二つに分けられる。

物理的生活支援とは、食事の世話や、下の世話、また風呂に入れることなどで、重要なことは、障がい者の体調に留意し、怪我や病気の予防をすることである。これらのことに習熟するには平均して三年ほどかかると言われている。

精神的な生活支援は、もっと大変で、まず障がい者と支援する者との性格というか、ケミストリーが合わないと、いつまでたっても支援する者は苦悩する。

また、障がい者の家族への対応にも気を使う。たとえば、職員が何気なく言った言葉に、家族が過剰に反応してしまうことがあり、気を付けなければならない。

特に若い職員の場合は、言葉使いが若者特有で誤解される場合があり、誤解が生じ、管理職員が出て行って謝罪しなければならないことがある。

前記の前田婦人と、新人の生活支援員の良子の場合は、寒い日に自分を少しでも暖かくしようとした良子の気持ちを、前田婦人が嬉しく思ったこと、それと良子が日頃から前田婦人の孫息子の自慢話を熱心に聞き、孫息子の活躍を一緒に喜んでいたことなどが、前田婦人がことを荒立てなかった理由だったと思われる。

ある意味で、日頃の良子の努力の成果と言ってもよいのではないだろうか。

生活支援の現場では、直接的な支援と間接的な支援がある。

間接的支援には、生活環境を整えることのほか、利用者の背景を理解することが含まれる。この背景を理解することで、職員と利用者の心の距離が縮まるのだ。

第二話　小さいお札

　ある日のこと、橘部長の事務室にベテランの生活支援員の敏子が入ってきて叫んだ。

「またやられました」

「磯部君が、またやったのかい？」

「そうなんです。今日は彼の部屋から四つ離れた清水さんの部屋で、財布から二千円が減っているということで、何かの記念で貰って大切にしているボールペンも、やられたようなのです」

　磯部君とは、十年ほど前に車を運転していて電信柱に激突して頭の右半分が陥没するという大事故を起こし、命が危ぶまれたのだが、自治医大病院での大手術で命はとりとめ、サニーガーデンに入所してきた男性である。

　脳の右半分が損傷しているので、左半身が全く動かず、車椅子の生活を余儀なくされている。

　頭の右側の大部分が大きく陥没しているのが、はっきり見えて、初対面の人を驚かせる。

時々茶碗のご飯の右半分を残し、左半分だけを綺麗に食べることがある。これも傷ついた脳の影響らしい。

彼が入所してしばらくすると、盗難事件がしばしば起こるようになった。

盗まれたものは、ボールペンとか小銭ばかりで、妙なことに財布に万円札があっても盗まれるのは千円札ばかりだ。

これはやがて犯人の磯部の目的が、自動販売機でソーダを買うためだけで、自販機に万円札は使えないからと分かった。

盗んだものを自分の部屋に置いておくと、自分が犯人と分かってしまうとまでは考えるらしく、他人の部屋とか公共の場所、例えば掃除用具の置き場などに隠す。

また、自分が車椅子でしか動けないので、車椅子が入れないような狭い場所に隠しておけば大丈夫だと思うのだろう、狭く並んだ棚の奥などに隠していたこともある。

生活支援の職員たちが探しあぐねていると、なんと、彼が片足で、ぴょんぴょんと跳ねて狭い場所に取りに行くのを見て驚き爆笑したこともある。

彼が盗んで隠した場所を職員全員で探すようなことが、しばしば起こり、誰が隠し場所を見つけるか、参加者全員が先を争うゲームのようになり、楽しむようになってしまった。

なにぶん盗む目的が自動販売機でソーダを買うだけであり、盗む金額も小さく、隠す場所も何となくすぐ分かるようなところが多い。

それに盗み以外では、いつもにこにこしていて大人しい。

この利用者磯部が、何度も同じこと（厳密には犯罪）を繰り返すのは病気のためだと、職員達は理解し問題にしないが、盗みの相手が他の利用者や、ショートステイの利用者となると大変で、内部で処理することは出来なくなる。

恐れていたそんな事態が起こってしまい、警察と協議しなければならなかったことがある。

すると、警察から過去にどんな事例があったのか、記録を出せと言われ、Ａ４のコピー紙で三十枚以上をファックスで送ったところ、送信中に警察から電話が入り、あとどれくらいあるのか、と問い合わせてきたことがある。

本来であれば、この問題の利用者（入所者）は、犯罪者として当所から退所させられ、別の施設（刑務所など）に移されるところなのだが、当人が憎めない性格なので、職員全員が、このまま、うちの施設に置いてほしいと懇願し、特別に許されているという経緯がある。

施設では、その後、彼の盗みを防ごうと、いろいろと考えた。

例えば、本人が車椅子から立ち上がろうとしたら、音が出て、近くにいる職員の注意を喚起するという装置を考案したりしたが、それらの試みは、どれもあまり効果なかった。

しかし、彼も年齢を重ねるとともに、そうした行為は少なくなってきている。

それに彼は、政府から二ヶ月に一度もらう障害年金の内、毎月二万円から三万円を母親に亡くなるまで送り続けていたことを皆知っている。

そんな彼がソーダを飲みたいために少額の金を盗んでいる。盗みをすることは確かに悪いが、どうも憎めないのだ。

こういう問題の処理を担当する高山部長が調べてみると、磯部は三十三歳で事故に遭うまで、ちゃんとした企業で働いている。もし、その当時から盗癖があったら、警察沙汰になっているはずだ。

そう考えて、高山部長は磯部の盗癖は脳の損傷から生じたものと結論し、それまでの盗難を含めて今後の盗難も警察沙汰にしないことにしたいと理事長に進言し、理事長もそれに同意し許可した。磯部が入所して一年後のことである。

さて話をもとに戻そう。

盗難の報告を受けた橘部長は自分のデスクの中から一番高価と思えるボールペンを取り出して、敏子に渡し、本人のものが出てくるまでこれを使ってほしいと被害者の清水さんに伝えてほしいと頼んだ。

それと同時に「磯部」と書かれた小箱から二千円を取り出して、「これも清水さんにね」と敏子に渡した。

小箱の中の金額は、月末に磯部に渡される小遣いから差し引かれ精算される。

第三話　自殺の行方

サニーガーデンは、約四十人の障がい者（会の中では利用者と呼ばれる）にたいして約七十人の生活支援員（会の中では職員と呼ばれる）が昼夜を問わず生活支援にあたっている。

繰り返すが、生活支援の内容は、大きく分けて、身体的な生活支援と、精神的な支援とに分けられる。

身体的な生活支援とは、食事の介助、トイレの世話、寝床を整えるなど、もろもろの文字どおりの身体に関する支援である。

この身体的な生活支援は、職員にとって、あまり辛い仕事ではない。無論常人が想像もできないような仕事も含まれているが、やがてある程度慣れ、更に、支援を必要とされる者と支援をする者との間に、信頼や愛情が生まれて、ルーティーン作業と化していく。

だが、入ってきた者が何か深い悩みを抱えていて、それを職員に打ち明けることがないと、支援する者にとっては、どこまでも遠く、何を考えているか分からない不安な存在になってしまう。

橘部長が市岡洋一郎という男に抱いている不安は、洋一郎が自殺を図るのではないかということだった。橘部長のこんな不安は、過去に何度も的中している。

更に施設に入ってきた人物の精神状態の把握と向上、健全化を担当する高山部長も橘部長と同じく、洋一郎が近い将来自殺を図るのではと予想している。

橘部長は、今日の夕方、仕事が終わってから、高山部長とじっくり話し合い、何とか洋一郎の自殺は阻止しなければと思っている。

洋一郎は、東京の杉並で生まれている。五歳の時に両親が離婚し、母親と共に福島県の郊外の母親の実家に移り住む。

父親の顔は覚えていない。

祖父は福島で一、二を争う大きな造り酒屋の主人で、その酒造りのために十人近い使用人が祖父の家の敷地内に住んでいた。酒造の仕事と共に祖父は広大な農地を所有していて、その為にその地区の農協のボスでもあった。

そんな強大な祖父の唯一の孫である洋一郎は、祖父の愛情と庇護を一身に受けてすくすくと成長する。

中学生になると、身長はやがて一七七センチという長身になり、顔もハンサムと言ってよく、運動は万能で、特にテニスとバスケットは才能があったようで、両競技とも、県の大会に出場している。

そんな格好いい洋一郎に、多くの女子学生が近づこうとするが、洋一郎は祖母や母親の教えを守って問題を起こすようなことはなかった。

むろん男子生徒の中には、そんな彼をねたみ、面白くないと思う者もいた。

硬派の男子生徒に言いがかりをつけられ暴力を振るわれることもあったが、彼自身がかなりの体力を持っていたし、地元の愚連隊や、ヤクザには祖父の威光が及んでおり、むしろ洋一郎を助ける側だったようで、大事になることはなかった。

洋一郎の学業の成績も決して悪くはなく、やがて東京の一応名の知られた大学の入試にパスして祖父や母親を喜ばせる。

大学に入り、東京に移り住むようになると、祖父からの過大な毎月の援助を受けて、洋一郎は優雅な学生生活を送る。

裕福で優しい性格の洋一郎には、やがて取り巻きの学生仲間が出来る。そして生まれて初めて祖父や母の元を離れて解放された気分の洋一郎は、その仲間と映画、麻雀、パチンコ、果ては風俗店と遊び回った。

やがて洋一郎は大学を卒業し、東京の一流銀行への就職が決まる。

洋一郎はこれを自分の力で入社を決めたと思っていたが、実は、祖父が福島の同銀行の支店長に頼み込んだ結果と言われている。

こうして洋一郎は実社会に入っていく。甘やかされて育ったことは間違いないが、能力は人並みと思えたし、おおらかな好青年と言ってよかったのではないだろうか。

こうして人を疑うことを知らず、同時に自分に悪意を抱く人間が世にいるなどとは夢にも思わぬ洋一郎だった。

だが、配属になった銀行の横浜の支店長に、徹底的に虐められる。祖父の威光はさすがに横浜までは届かなかったのだ。

横浜支店の支店長は、極端に背の低い男だった。トイレに座ると足が床に届かないだろうと、女子行員が密かに笑いこけたというから、相当低かったのだろう。そこに一七七センチの長身の洋一郎が入ってきたのである。

まず支店長は洋一郎と一緒に接客することを嫌った。

そして店長は、洋一郎が数字に弱いということを知り、いろんな取引先の経営の分析を命じるようになる。それは洋一郎にとってはどうしようもない難題だった。

支店長は、支店全員に聞こえるような大声でねちねちと、洋一郎の分析の不備を罵った。

ある日、銀行の本店から常務が洋一郎のいる横浜支店の視察に訪れた。

この常務は、将来の頭取候補と言われる豪放な人物で、支店長は平身低頭で常務を迎えた。

やがて常務の視察は終わり、行員全員が集められて、常務の講評があり、おおむね良好ということで幹部行員たちは胸をなでおろした。

常務は講評を終えると、一番後ろに立つ洋一郎を呼んだ。

その指示に従って洋一郎が前に出ていくと、常務が尋ねた。

「君はずいぶん背が高いな。一七〇ぐらいか？」

「一七七センチです」

「そうか、わしは一六〇そこそこでな。ニューヨークに駐在していた時代は、相手が皆大きいので参ったよ。握手する時は、いつもこうだ」と、手を自分の顔の高さに上げて握手するまねをした。そして続けた。

「シカゴ支店に特にでかい奴がいてな、面白半分にそいつの上着を俺が着たら、そいつの上着の袖が俺の膝まであって、全員大笑いしたよ。そうだ。おい、清水支店長、こいつの上着を借りて着てみろ」

常務にこう言われて、支店長は、顔を真っ赤にしながら自分の上着を脱ぎ、洋一郎の上着を着た。すると洋一郎の上着の袖先は支店長の膝まで届いた。

全員が爆笑したが、すぐ静まった。

常務は悪い冗談だったとは気づかず、上機嫌で帰りの車に乗り込み帰っていった。

その翌日からの支店長の洋一郎に対する虐めは、常軌を逸するものになった。

洋一郎は、支店長が自分を憎んでいることは分かったが、何故かは分からなかった。長身で、のんびり育った洋一郎に、支店長が身長のことでそんなに強いコンプレックスを持っているとは全く、想像できなかったのだ。

だが、支店長の虐めには耐えられなくなっていった。

やがて洋一郎は、医者の息子の大学時代の友人から精神安定剤を手に入れて飲み、同時に睡眠薬も飲むようなる。

常務の視察があったほぼ二ヶ月後の昼過ぎ、福島から祖父が、車の事故で亡くなり、そのショックで母親も具合が悪くなり入院したとの連絡を受けた。

その晩、洋一郎は、あるだけの安定剤と睡眠薬を飲み、下宿の二階から飛び降りる。やがて発見され、病院に運びこまれた洋一郎は、命はとりとめるが、背骨の第二関節から下は動かない体になってしまう。

その後、洋一郎は関東の病院を転々とするが、やがて栃木県宇都宮市の病院を経て、飛び降り事故から十二年後にサニーガーデンに入る。

サニーガーデンに入った後、職員の心のこもった生活支援、特に精神面での支援で、最近は、話す言葉も力があり、顔も明るくなり、皆で喜んでいたのだが、先日福島から母親が亡くなったと連絡があったのだ。

更に、宇都宮の病院で知り合ったという若い女性が、それまでは月に二度は必ず訪問していたのに、ぱったりと顔を見せなくなったのだ。

その日、夕方の忙しい時間が終わって多くの職員たちが、ほっとしている時に、高山部長、橘部長、それに洋一郎の状態に詳しい職員二人が、会議室で額を集めていた。

参加している四人とも、近い将来に洋一郎が自殺を図るだろうということで、意見は一致している。問題は、いつ、そして昼間ではないだろうということは、まず確実と思われた。更に洋一郎が自殺に使えるような薬は持っていないことも確実だった。

そうなると結論は、夜間に車椅子に乗ったまま二階から階段を落ちる以外ないというのが結論だった。

土地の広い外国では、障がい者の施設は一階建ての建物が圧倒的に多い。二階以上にすると飛び降りる利用者への対応を考えなければならないからだ。

サニーガーデンに用意できた土地は、一階だけの建物の大きさではどうしても狭く、二階建てにするしかなかったのだ。

結論は、二階の階段の上に柵を作る以外ないということになった。洋一郎の部屋は二階にある。

高山部長が、代表して理事長に電話を入れた。

高山部長と橘部長の説明を、一言も言葉を挟まず聞き終えた理事長の決断は「階段の上に車椅子が通れない柵を至急作れ」というものだった。

「建築基準法上、避難通路に関して問題になると思いますが、大丈夫でしょうか？」

「かまわない。やってしまえ。その男は今、川で溺れそうになっているんだ。岸にいる人間の心配や配慮は、あとでいい。消防への説明は俺がする」

この言葉により、高山部長と橘部長は、災害時には取り外しができる柵を業者と考え、急遽設置した。

こうして、唯一の自殺の手段を失った洋一郎は、少しずつ生気を取り戻す。

やがて、宇都宮の病院で知り合った女性もしげしげと洋一郎を訪れるようになる。一時訪れなかったのは、ひどい風邪をひいて洋一郎にうつすのを恐れたためだったという。

法規に照らせば、いろいろと課題のある階段の上の柵は、理事長の説明に、関係機関で検討し了承してくれた。

第四話　金メダル

岩橋博は、神奈川県の横浜市で生まれている。

幼少期は祖父母の経営する青果店で過ごした。店を手伝ったり、学童野球で汗を流したりして、活発な子供だったという。県の大会で活躍し、準優勝を勝ち取るのにも貢献した。彼はプロ野球の大洋ホエールズの大ファンで、祖父に連れて行って貰う横浜スタジアムでの観戦は何よりの楽しみだった。

順調に育った博だったが、高校に入ると「虐め」にあい、その結果不登校となってしまう。学校に行かずに、身体の弱い祖母を助けて青果店で働くようになる。

博の母親によれば、「博は本当に心の優しい子で、こんな優しい子が何故虐められるか分かりません。きっと虐めても復讐するなど決してしないと、相手は思って虐めたのでしょう」と嘆いていたという。

博の不登校は続き、やがて高校を中退してしまう。そして母親の勧めにしたがって定時制高校に入る。定時制高校では虐めなどにあわず、級友に恵まれ、卒業の年には級友と旅行などもして、虐められるどころか、時にはリーダーを務めるなどして学生生活を終える。

　卒業後は地元のスーパーで働き始める。家業で身についた果物や野菜に関する知識が上司に認められ、やがて青果部に配属され活躍する。

　ところが二十六歳の時に、働いていたスーパーで突然脳内出血を起こし倒れる。

　そのためいろいろな手術を受け、なんとか命は繋ぎとめるが、脳にはかなりのダメージを残し、全身の麻痺と言語障害が残ってしまう。やがて博は、いわゆる急性期を脱し、リハビリ専門病院に転院していく。

　そして横浜市鶴見区役所より、博という患者を引き受けてくれないかという要請がサニーガーデンに入る。今から十年ほど前のことである。

　そこで詳細を知りたいとサニーガーデンの高山部長と介護主任は、博のいるリハビリ専門病院に出向く。

　出向いた二人は、その病院の医者に告げられる。

「この患者は一生の間、自分の口から食べ物をとることは出来ません」

「会話も出来ません」

「歩くことも、立つことも出来ません」と告げられる。

高山部長と介護主任は、サニーガーデンに戻り、理事長に対して

「最重度の利用者となりますが、どうしましょうか？」

と尋ねる。理事長は「困っている人がいれば、その人を助けるのがここの仕事だ。引き取ろう」と答えた。こうして、博はサニーガーデンに引き取られる。

告げられたとおり、博は、話せず、歩けず、「胃ろう」から栄養をとり、寝たきりだった。

サニーガーデンの職員たちは、博の回復力を信じ、ＡＤＬと呼ばれる日常生活動作の改善に取り組む。

このサニーガーデンの取り組みは、医者による薬などの治療ではなく、例えば機会あるごとに声をかけ、力づける日々の努力を意味する。晴れた日には散歩に連れ出し、日光を浴びさせる。雨の日はスヌーズレンと言われるセラピーに参加させ、五感を刺激した。

その結果、博は、やがて口から食物をとれるようになり、更に自分で車椅子を動かすまでになる。更に好物のハンバーガーとポテト、それにコーラを付けると最高の笑

顔を見せるようになった。

　更に職員の勧めに従って、円盤投げを始め、努力に努力を重ね、最後には、県の大会で優勝し、金メダルを獲得する。

　これに関して、未だによく話すことが出来ない博が、

「このメダルは、君たちと一緒に獲得したメダルだ」

と生活支援してきた者でなければ分からない言葉で叫んで、職員たちの涙を誘った。

その後、急に体調が悪くなり、癌かもしれないという病状が出て、緊急の手術が必要となった。その手術には親族の同意が必要で、一刻を争うという連絡が彼の入院先の病院から入った。

十二月三十一日、すなわち大晦日の午後のことである。

理事長の決断は早かった。誰を行かせるか選んでいる暇はないと、一緒に夕食を食べていた高山部長と共に、自ら車を飛ばして神奈川県川崎市にいる博の母親の同意書を取り付け、翌日手術が行われるということもあった。

手術の結果、癌はないということが分かり、全員を安堵させた。その後彼は更に大きな大会での優勝を目指して、今日も黙々と練習に励んでいる。

第五話　兄と弟

吉田建夫は山梨県道志村の小さな寺の住職の四男として生まれた。

建夫の三人の兄は皆何の問題もなかったが、四男の建夫は生まれてしばらくして、重い知的障がいがあることが分かった。

田舎の小さな寺として、発達に異常がみられる子供がいるということは、近隣の人達、特に檀家には知られたくなかったのだろう、建夫はやがて納屋の一室に閉じ込められ、母親が食事を運んでくる時以外、完全に外界から隔離されて育った。

下着を替えることなど、めったになく、風呂にも入れられず、最低限の食べ物が与えられるだけの生活だった。

鬼のような両親のもとで、建夫は奇跡的に生き続ける。

だが、こんなことがいつまでも世間に知られない筈はない。やがて役所が知ることとなり、サニーガーデンで引き受けてくれないかという要請がなされた。

サニーガーデンは、その要請を受け入れ、直ちに建夫を入所させたのだが、その時の建夫の身体からの悪臭は、今でも忘れられないという。

建夫のいた納屋には、多くの空のカップラーメンの容器が散乱し、その周りに糞尿があるという、すさまじいものだったという。

建夫はすぐさま風呂に入れられ、さっぱりした衣服を着せられた。その時、建夫は奇妙な叫び声をあげて生活支援員たちを驚かせる、やがてその奇妙な叫びは、建夫の歓喜の叫びだったのだと知る。

このように人から完全に隔離され、脳に障がいがある建夫は、あの古代ローマの狼に育てられたという伝説の人間と同じく、人間の言葉が話せない。

部屋の中で一人座って、ぶつぶつと何やら訳の分からない言葉を発し、大声で何やら叫ぶ日々が続く。

やがて建夫の初めてのモニタリング（経過調査）が行われることになり、それに建夫の二番目の兄が立ち会った。

この時を含めて、この兄以外の建夫の親族がサニーガーデンに訪れることはなかった。即ち、この兄以外、建夫の身を案ずる家族は一人もいないと推測された。

施設からは、橘部長、高山部長、それと建夫の介護に最も多く携わり建夫の状態に一番詳しい清子が立ち会った。

　モニタリングが終わって、清子が少し言いにくそうに建夫の兄に尋ねた。

「実は、建夫さんの体臭が激しいので、特別なシャンプーなどを購入して使いたいのですが、その費用は最近制度が変わって『自費』になってしまいます。従ってその費用をご家族様から頂くことになるのですが、よろしいでしょうか？」

　すると、建夫の兄はすぐさま、「施設が必要と思うことは全て、どんどんやってくださって結構です。また、本人が何か特別のことを頼んだりしたら、それが介護に悪いことでなかったら、どんどん希望をかなえてやってください。そしてその費用は無論私に請求してください」と答えた。弟の建夫に対する優しさが溢れている回答で、清子は嬉しかった。

　施設側は、その快い返事にほっとしていると、今度は思いもしない驚愕の言葉が兄の口から発せられた。

「ところでお願いがあります。これは絶対に守ってほしいことなのですが、建夫が、もし風呂で溺れたり、トイレで倒れていたりしたら、絶対に救命はしないでください。そのままにしておいてほしいのです」

橘部長も高山部長も、また清子も、その言葉にショックをうけた。障がい者の親族からこんな言葉は聞きたくない。建夫が死んで構わないと言っているのと同じではないか。建夫の世話を誰よりも熱心にしている清子は涙ぐんでしまった。

職員は、毎日毎日誠意をもって障がい者を支援している。一日でも長く、しかも楽しく生活を積み重ね、それなりの豊かな人生を送ってほしいと願っている。

それなのに、助かるかもしれない命を決して助けるなと、この兄は言っているのだ。

橘部長が尋ねた。

「今のお言葉は納得できません。助かるかもしれない弟さんを助けてはいけないのですか？」

橘部長の声は女性とは思えぬ厳しいものがあった。

「あいつは、小さいころから、周りに構ってくれる人がいなかったのです。少し心配したのは、たった一人、俺くらいだったんです。もし、俺が先に逝くようなことがあれば、誰が、あいつのことを」とまで言って建夫の兄は嗚咽し始めた。

同席していた三人が、人間の心の中には他人のうかがいしれないものがあるのだということを思い知らされた瞬間だった。

そんな三人を残して兄は去って行った。

その後、何度か建夫の兄は、施設を訪ねてくれたが、一度として建夫本人と面会することなく、職員への心遣いを置いて、帰っていった。

そんなことが続いたある日、建夫の兄から高山部長へ電話が入った。

「申し訳ないですが、拙宅に理事長さんと来ていただけないでしょうか」という依頼だった。

要望に従って、理事長と高山部長が建夫の兄の家を訪れると、兄は、ひどくやつれていた。家族はいない。やがて兄は小さな布の包みを差し出して言った。

「実は私は肺癌で長くても来年の夏までと言われています。これは私の髪の毛です。もし建夫に万一のことがありましたら、この私の髪の毛をあいつの墓に入れて下さい。そして次回建夫の散髪をする時に、あいつの髪を少し切って私に送ってください。私の墓に入れてもらいます。あんなに酷い日々を送った建夫に対する私の詫びの気持ちです」

高山部長は、後日この兄の希望に従って建夫の髪の束を兄に送った。

そして兄の髪の束は、未だに元気な建夫の部屋に大切に保管されている。

後日、建夫は、この兄の言葉を清子から聞かされた。

清子は目に涙を浮かべながら話したが、建夫は分かったのか、分からなかったのか、ただ黙って聞いているだけだった。

第六話　ヤクザ

東日本大震災があった直後のことである。

サニーガーデンで何かできることはないだろうかと、一同が思っていた。そんな時に、福島県相馬市の施設から電話がかかってきた。

「ここは放射能の危険がありますので、うちの入所者を避難させたいと努力しています。サニーガーデンで一人でもいいですから、引き受けていただけないでしょうか？」という依頼だった。

前述のように、何かできることはないかと考えていたサニーガーデンだ。一も二もなく「喜んで」と答えて、理事長と高山部長は車を飛ばして、相馬市の施設に駆けつけて、一人の男を引き受けた。

帰りの車の中で、「笠野」という名のその男は、よくしゃべった。

そして運転していた高山部長は気がつかなかったが、理事長は笠野の左手の小指がないのに気がついていた。

サニーガーデンに到着し、部屋を決め、やがて風呂に入れる時間となって、入浴担当の職員たちは息をのんだ。

「笠野」の背中いちめんに入れ墨があったのだ。

男性職員もだが、女性職員の受けた衝撃は極めて大きかった。恐ろしかったのだ。

その報告を受けた理事長は、長考の末、左記の結論を出し、その旨全職員に通達した。

「笠野が仮に『ヤクザ』だということだけで相馬に送り返すことはしない。この男を引き取ることで震災によって、被害に遭った人々が少しでも助かればいいのだ。

しかし万一この男がサニーガーデンの利用者や職員たちの誰かに不当なことをしたり、苦しめたり、脅迫したりするようなことをした時は、即座に相馬に送り返す。だが過去にヤクザだったからだといって今の彼を冷たく遇することはやめよう」

というものだった。

笠野は、しばらくは大人しくしていたが、やがて次第に本性を現し始める。近くに生活支援の職員が居るのに、その職員に、遠くの部屋にいる他の職員を呼ばせたり、頭髪につける油が気にいらないなどと言い出すようになった。

やがて入所者の中で資産持ちと知られる利用者の部屋からかなりの現金が盗まれるという事件が起こる。

例の障がいで盗癖がある磯部は、決して千円札以上は盗まない。万円札は自動販売機には使えないからだ。そしてこんな高額な盗難事件は笠野が入所するまで起こったことがない。

全員が笠野のやったことだと思うのだが、証拠はない。なくなった金は見つからない。だが笠野と決めつけることはできない。

被害者がどこかに落としたとか、勘違いだってあるのだ。笠野だと決めつけて、万一犯人でなかったら、相手は昔ヤクザだった男だ。どんな報復をされるかわからない。

夜間ではあったが、高山部長は理事長へ報告し、理事長が駆けつけた。

高山部長の指示により、職員たちは、全ての障がい者を各自の部屋から出して食堂に集めた。

空になった部屋を職員たちが次々と点検する。

理事長は、笠野の部屋が西向きで、窓の向こうは林であることに気がついた。こんな時、なぜか理事長の直感は働く。

理事長は高山部長に、笠野の部屋の窓の外を点検するようにと指示した。高山部長が、職員の一人を伴って笠野の部屋の窓の外をチェックしていると、窓からかなり遠い場所に光るものが目についた。近づいて拾ってみると空の財布だった。中身はない。持って帰ると盗まれた金が入っていた財布だと、財布の持ち主が言う。犯人が現金を抜き取った財布を笠野の部屋の窓から外に投げたということになる。

それから笠野の部屋を数人がかりで調べたが、何も見つからない。

笠野がニヤニヤし始め、全員が諦めかけた時だった。

「ありました」

という女性の大きな声が館内に響き渡った。

笠野にいつも虐められている若い職員（生活支援員）の順子の声だった。

順子は、笠野の部屋のベッドの枕元にあったティッシュペーパーの箱からティッシュペーパーを全て取り出し、箱の底に隠されていた二十万円の札束を見つけたのだった。

理事長の判断で警察には届けず、笠野は、翌日相馬市の施設に送り返された。

その後、笠野がどうなったか誰も知らない。そしてサニーガーデンは、笠野が入所する前の平穏な施設に戻った。
そして相馬市からの依頼で新たな入所者を二人受け入れている。

第七話　年金

花子は、母親が十八歳の時に産んだ子供である。

父親は誰か分からないし、現在、生きているのかどうかも不明である。花子が生まれた時、父親は既に母親の前から姿を消していた。

生まれてしばらくして、花子に知的障がいがあると分かる。すると母親は、自分には育てられないと、花子を児童養護施設に入れる。

花子は、その児童養護施設で育てられ、やがて十八歳になり、規則によって、身体障がい者の福祉施設に移される。

そして花子が二十歳になると、国から毎月八万円の障がい者年金が支給されるようになる。

この年金は、本人の口座に振り込まれ、それを管理する施設が自己負担分を差し引き、残りの金額が本人の自由に使える分となるのが入所施設の通例なのだが、花子の母親が全額を、まず自分に払ってほしいと強く主張し、何故か役所がそれに同意し、年金が振り込まれる通帳を母親に渡してしまう。通帳を手に入れた母親は、花子の施設の費用を払わない。そして母親からの不払いが続いた結果、花子は、施設から出されてしまう。

こうして花子は、母親の住む狭いアパートに二十歳なかばから住むことになるのだが、そこには、祖母と母親と、母親の二番目の夫と、その娘の四人が既に住んでいた。祖母も知的障がい者で、花子に対して「なぜここにいるのだ」と虐める。母親の二番目の夫にとっても、花子は邪魔者だし、その夫の娘にとっては、花子は競争相手である。

誰にとっても花子は邪魔な存在なのだが、唯一、月八万円の金づるでもある。これが一緒に住むことが花子に許された唯一の理由だった。

こうして花子は、ろくな食べ物も与えられず、精神的な虐待を受け続ける。その結果、ひどい胃腸障がいを起こし、ある日、路上で意識を失って病院に担ぎこまれる。初めは鼻からの栄養補給が試みられたが、やがて「胃ろう」での栄養補給となる。この治療で、花子は六ヶ月ごとに移動させられて、三つの病院で治療を受ける。

この三つの病院の費用を母親は払わない。

そのため役所が動き、花子に関しての新たな通帳が作られ、それを東京都台東区の福祉課が管理し、支払いなどを含む花子に関するすべてに対応することになる。

その後、この東京台東区の福祉課から、サニーガーデンに、花子を引き受けてもらえないかという話が持ち込まれる。

サニーガーデンは、検討の結果、台東区福祉課の要望を受け、花子を迎え入れる。令和二年七月のことである。

ところが、花子がサニーガーデンに移されると、その直後から花子の母親はサニーガーデンに執拗な電話をかけ始める。

「花子は私に八十万円の借金がある。サニーガーデンが花子を引き受けた以上、その八十万円をサニーガーデンは私に払ってほしい」と言うのである。

それに対してサニーガーデンは、「花子を引き受けるに際して、役所から、そんな話は聞いていない。いずれにしろ、花子の借金をサニーガーデンが払う義務はない」と、回答し続けた。

だが、花子の母親の電話は止まない。電話に出る人間に、誰彼構わず「八十万返せ、返さないなら、花子を返せ」と、怒鳴り散らす。

サニーガーデンの職員たちは、やがて、電話を取りたくないと言い始める始末であった。

そのため、花子の母親からの電話はすべて高山部長に回す、ということが決められる。

高山部長と何回話しても、らちがあかないと諦めたのか、しばらくすると母親は「娘の花子」と話をさせろと言い出した。

親からの電話を取り次がないわけにはいかない。取り次ぐと花子はやがて泣き出す。そもそも花子は、母親の愛情を知らない。いや誰からの愛も知らないのだろう。そのためかサニーガーデンに入ってきても、職員と親しくすることができない。親しむどころか、誰に対しても反抗的と言っていい。

職員たちは、花子の境遇を知るにつれ、花子に同情し「どうしたらいいのだろう」「なんとかできないものか」という気持ちがつのる。

サニーガーデンと役所の取り決めは一応半年で終わることになっている。その後は東京都の判断で、他の施設に移されるのか、母親の家にもどるのか、またはサニーガーデンに続けて残るか、である。

母親は、サニーガーデンに続けて残ることになれば、自分が取れる年金の一部がなくなると、サニーガーデンから花子を取り返すことに全力を挙げる。

サニーガーデンの職員たちは、自分たちが努力し続ければ、花子は、やがて心を開いてくれると、花子が長くサニーガーデンに残ってくれることを祈っていた。

ところが、令和三年一月に、突然台東区の役所から、花子は母親のもとに帰ることに決まったという連絡が入り、翌日には母親が手配したタクシーがサニーガーデンに現れ、花子を乗せて去って行った。

喜々として去っていく花子を見送るサニーガーデンの職員たちの目には涙があふれていた。

その後の花子の消息はサニーガーデンには一切伝わってこない。

第八話　睡眠薬

昌子の父親は、昌子が六歳の時に自動車事故で亡くなり、昌子と昌子の母は祖父の家に引き取られた。

昌子の祖父は、戦時中、東京三鷹の中島飛行機（株）の主要下請けとして戦闘機の部品を造る会社の社長を務めた人物で、現在は東京の荻窪に土地を持ち広い家で悠々自適の生活を送っている。

昌子たち二人が加わるまで、祖父の家には、祖父と息子、即ち昌子の母の兄の茂、その妻と二人の娘の計五人が住んでいた。

祖父の妻は戦時中に病気で亡くなっている。

昌子の伯父の茂は、戦時中、栃木県宇都宮市郊外にあった陸軍の連隊に召集配属され、戦地に行くことなく終戦を迎える。そして終戦後二ヶ月もたたないうちに、荻窪の家に女性を伴って帰ってくる。

この女性は、連隊の近くの大きな漬物問屋の娘で、すでに身ごもっており、終戦直後に、連隊長の媒酌で結婚した妻だということだった。

こうして祖父の家には、合計七人の人間が住むことになる。即ち、祖父、長男の茂、その妻、その娘二人、昌子の母、そして昌子、の七人である。

昌子たち二人が荻窪の祖父の家に移ってきて、しばらくは平穏な日が続いていたが、やがて、大きく変わっていく。

まず祖父が、昌子を特別可愛がり始める。

父親を亡くして不憫という思い、それに昌子が細い身体に大きな目の、いかにも可憐な少女であったからだったと思われる。昌子に比して茂の娘は、太っていて、か細い昌子と対照的だったのも理由の一つだったのかもしれない。

そんなわけで茂の娘がやきもちを焼き始め、年下の昌子を虐め始める。昌子の衣類や学習の道具などがなくなり、その一部が、家の外のごみ箱で発見されたりする。昌子の母親も、兄茂夫妻に、こき使われて家政婦同然となっていく。

高齢の祖父は、脳梗塞で倒れ、寝たきりになる。

すると茂の妻は
「私は若い頃結核を患ったことがあります。お父上に私の病気をうつすわけにはいきません」と、義父の看病から完全に手を引いてしまう。

これにより昌子の母親は、それまでの家政婦の仕事に加えて、父親の看病も昼夜することになる。

やがて父親が亡くなる。父親には、かなりの遺産があり、その半分は昌子の母のものだが、その権利の行使をしばらく待ってほしいと茂は言い出す。

その頃、茂は友人と新しい事業を始めており、その資金繰りが苦しく、どうしても、父親の遺産の全てを銀行に担保として差し出す必要があるので助けてくれとせがまれ、遅くとも二年後には昌子の母の取り分、すなわち遺産の半分を返すからということだった。

この兄の言葉を、昌子の母は信じたのか、または抗せなかったのだろうか、その提案を受け入れる。

余談だが、これに、茂が昌子の母の実印を勝手に作り使ったという話もある。

この遺産の半分の権利返還は、永久に実行されない。

気の弱い昌子の母を責めるべきなのか、または昌子の母は、兄がいつかは約束を守ってくれると信じていたのかもしれない。

兄の妻にとって、昌子の母は、金のかからない女中同然の人間で、その人間が遺産を手にすれば、独立して去ってしまうのを恐れて、亭主の茂に遺産は渡さないようにと、強く主張していたという話もある。

やがて、昌子の母は、次第に強く祖父の家を出ようと思うようになる。こき使われる自分は我慢すれば済むことと思うのだが、娘の昌子が兄の娘に虐められるのがたまらなかった。

繰り返すが、昌子が痩せて、すらっとした娘に成長していたのに対して、従姉は母親に似て太っており、さらに昌子は祖父が「目千両」と言っていたように大きな美しい目を持っているのに対し、従姉には可愛いところがなかった。

やがて昌子の母は、祖父の家を出ようと決心する。

たとえ遺産がもらえなくても、なんとか生きていけるのではと思い始めたのだ。それには友人が始めた英語教室で働かないかと誘われていたことが理由だった。昌子の母は、英語の教師の資格を持っていたのだ。

祖父の家を出る決心をした昌子の母は、昌子を連れて昌子の祖父母の墓にその決意を報告に行く。

ところが、その帰り道で、昌子と昌子の母は、自動車事故に遭ってしまう。かなり広い二車線の道路に沿った歩道を歩いていた二人を、対向車線を走ってきた車が、こちら側の車線を越えて二人を真正面からはねたのだ。

その車の運転者は夜勤帰りの看護師だった。完全に眠ってしまっていたらしい。

昌子の母親は頭を強く打ち、救急車の中で死亡が確認される。

昌子は腰骨を折り、頭を強く打ち、首筋にも傷を負う。

この事故で乗り出したのが昌子の伯父の茂だった。

茂の友人の弁護士が狩り出され、加害者の父親が有名な医者ということもあって、恐らくかなりの補償金が払われたと想像されるのだが、その明細は昌子には一切知らされず、昌子たちの医療費と八十万円の現金で終わってしまう。

昌子が十七歳の時のことである。

昌子は、その後、伯父、即ち祖父の家で生き続け、伯父の費用で女学校、大学を出て伯父の友人の経営する小さな出版社で働き始める。

その間、三度ほど昌子は伯父の茂に、祖父の遺産と、自動車事故の補償について質問をしているが、いずれの時も伯父は、そんなものはお前達親子の世話に全て使ったと大声で怒鳴りつけられる。

昌子は三十三歳になった年に、思い切って大きな首の手術を受ける。自動車事故のせいで、首がいつも傾いていて、まっすぐ歩くことが出来なくなっていたからだった。

その首の手術は失敗だった。

結果は横にならないと食事が出来なくなり、耳も、よく聞こえなくなり、仕事が出来なくなってしまった。

現在、昌子は、障がい者支援施設サニーガーデンに受け入れられ四ヶ月になる。

入所してしばらくすると施設の職員（生活支援員）たちの誰もが昌子のこれまでの経歴を知る。

昌子の伯父たちは東京の荻窪に立派なマンションを幾つも持ち、さらに葉山と軽井沢に別荘を持って、しょっちゅう家族揃って海外旅行に出かけていると知り、昌子への同情は深まる。

そして経験ある職員たちは、昌子の自殺を危惧し、理事長に報告、施設全員に警戒するよう指示が出る。

この施設側の推測どおり、昌子は密かに決心していた。

長いことかかってためた睡眠薬を沢山持っている。夜勤の責任者が午前一時の点検に回って来たら、その直後に、この睡眠薬を全部一気に飲んでしまうのだ。朝まで誰も気が付かないだろう。そしたら目的達成だ。私には、朝が来ない夜しかないのだ。

こうして昌子は、ある晩、その計画を実行する。そして翌朝、苦しむ昌子が発見され、大騒ぎとなった。

ベテランの職員たちが素早く胃の洗浄に取り組み、やがて専門の医師の手当てを受け、なんとか昌子の命は救われる。

そして今は、サニーガーデンの職員全員が昌子が生きる希望を持つことを祈っている。

第九話　Kさん語録

一九九三年の春先、東京都の依頼で神崎という名の男がサニーガーデンに入ってきた。

年齢は六十四歳、脳にかなりの障がいがあるが、歩行は問題ない。だがその脳の障がいのためか、無性に水を飲みたがる。止めなければ、いくらでも飲んでしまうので、常時の見守りが必要とのことだった。

東京都からのこの情報どおりに、神崎は、常時水を飲みたがった。放っておくわけにはいかない。多量に飲んでしまうと身体に悪いので、いつも職員の誰かが見ていなければならない。通常より世話のやける利用者だった。

テレビが好きなようなので、テレビを部屋に置いてみたが、コマーシャルになると洗面所にとんで行って、がぶがぶと水を飲んでしまう。結局、常時職員の誰かが部屋で見守るしかないということになった。

サニーガーデンに来てしばらくすると、この利用者は、日によって一日中無言で誰とも口をきかない日があるかと思うと、日によっては大変おしゃべりであることが分かった。

それも女性の職員、特に優しさが溢れているような女性の職員の場合は、話が止まらない。

やがて職員たちは、一日の仕事が終わると、その日のKさんの話を集まって担当の職員から聞くことを楽しみにするようになった。

更にそれは「Kさん語録」としてテープで保存されるようにもなった。

Kさんとは、彼の名前の「神崎」からとった愛称である。

その「Kさん語録」の幾つかを紹介してみよう。

「グランド・キャニオンはどうしてできたか知ってるかい？　バターの上にナイフを置いたようなものなのだ。ナイフがコロラドリバー、バターがアリゾナの大地だ。分かったか？」

「トヨタが一九五六年に初めて車をロスに持って行って走らせたら、時速百キロで煙が出て走れなくなった。それがどうだ。二十五年後には日本車は売れて売れて注文して納車まで三ヶ月という時代が来た」

GRAND
CANYON
Dodgers
B
LA
ROCKFELLER

「ケネディを殺したのは、ＦＢＩだ」

「従業員三十人の日本の会社が、従業員三百人のアメリカのコングロマリット（複合巨大企業）を買って何が悪い？」

「日本の企業がロックフェラーセンターを買って何が悪い？」

「日本の企業がペブルビーチのゴルフコースを買って何が悪い？」

「こう言ったら、アメリカの企業が日本の皇居を買って何が悪い？　と言ったそうだ」

　こんな話ばかりで、

「Ｋさんはアメリカに住んでいたことがあるの？」

　とある職員が尋ねたが、答えなかったという。

　それではと、彼の入所を依頼してきた東京都に問い合わせたが、東京都が関与するまでに四つの病院を経由しており、過去の記録はないという。

　本人に聞く以外ないと、職員たちが聞くが、答えない。

　そしてある晩、事件が起きた。

　担当の職員がちょっと目を離したすきに、Ｋさんはサニーガーデンから脱走したのだ。

　遅番の職員と夜勤の職員が入れ替わる時間帯に姿を消した。

　すぐさま非常呼集がかけられ、最も近くに住む高山部長をはじめ続々と職員が駆け付け、遠くに住む理事長も到着した。

　サニーガーデンの周囲は森で囲まれ、森の先は牧場や畑だ。

「まむし」がいるし、Kさんのことだから「農薬の入った田んぼ」の水を多量に飲む恐れもある。

　早く見つけなければKさんの命に関わると、手分けして全員必死に探すのだが見つからない。高山部長は理事長の許可を得て警察に協力を依頼した。

　このKさんの失踪は、サニーガーデンにとって褒められたことではなく、内密にしたいところだが、命に関ることだ。

　警察に協力を要請して、ほぼ一時間後、一軒の農家から警察に連絡が入り
「老人が入ってきて『水をくれ』と言うので水を与えたが、そのまま玄関にいる。どうしたらいいか」

　という問い合わせがあったということで全員胸を撫でおろした。

Ｋさんは、サニーガーデンに連れ戻されてしばらくすると、また例の講義を始めて職員たちを安心させた。

Ｋさんは、この騒動の二年後にこの世を去った。死因は水の飲み過ぎではなく、脳腫瘍だった。

職員たちは、今でもＫさんの語録を時々思い出し、懐かしがって聞いている。

最後の講義は、「ロサンジェルス・ドジャースは、五十年前は、ブルックリン・ドジャースだったんだぞ」だったそうだ。

第十話　支援ということ

サニーガーデンで働く人たちは、施設に入ってくる人を「入所者」と呼ばず「利用者」と呼び、生活支援をする自分たちを「職員」と呼ぶ。

入ってくる障がい者を「入所者」と呼ばないのは、罪を犯した人が刑務所へ入る「入所」が連想されるというのが、その理由である。

また、施設で働いている人を「生活支援員」と呼ばず、「職員」と呼ぶのは、生活支援とは関係ない普通の会社の職場と同じというイメージを「入所者」すなわち「利用者」に持ってほしいかららしい。

新しく参加した生活支援員は、食事の世話や、おむつの取り換えなどを学び、更に、身体を自分で動かせない「利用者」を体験するために、自分が水着を着て車椅子に乗って風呂の機械を体験したりする。

このような「利用者」への世話は、職員にとって決して苦しいことではない。そもそも、サニーガーデンのような障がい者支援の施設で働く人は、障がい者の役に立ちたいという気持ち、使命感に多かれ少なかれ燃えている人だからだ。

そんな「職員」が苦しみ、悩み、心が折れそうになるのは、「利用者」との人間関係だ。

長い間、食事の世話をしたり、おむつの交換をしていても、全く心を開いてくれない相手に苦しむ。

心を開いてくれなくてもいいんだ。仕方がないじゃないと思うものの、やはり寂しい。

自分は本当の生活支援ができていないのではないかと、心が折れそうになる。

多くの場合は、自分が心を本当に開いていないからだと反省し、努力をし続けると、ふとある日、「利用者」が心を開いてくれることがある。その時の歓喜の気持ちは何ものにも代えがたい。何とも言えない喜びだ。

結局は、こちらが自分をさらけ出すことが一番大切とわかる。

ある日、福祉の学校を出た若い男がサニーガーデンで働きたいとやってきた。礼儀正しく、挨拶もしっかりしている。福祉の学校を出ているし、喜んで採用した。

ところが、数ヶ月すると欠勤が多くなり、やがて全く出てこなくなった。サニーガーデンでは仕方なく退職処分にする。

その数ヶ月後、その男が日光市で売春斡旋の容疑で逮捕されたという新聞記事が出る。

彼が何の目的でサニーガーデンに就職したのか分からないが、背後に売春の組織があり、サニーガーデンを何らかの目的で利用しようとしたとも考えられ、欠席が多くなった時点で、早目に退職処分を決めた判断がよかったと胸をなで下ろす。

もしこの日光の事件に関連してサニーガーデンの名前が出るようなことがあったら、その影響は大変なものであったろう。

話を生活支援に戻す。

「職員」たちが口を揃えて『利用者の親族』との対応が、時には大変だと言う。

あるベテラン「職員」の話である。

サニーガーデンはデイサービスとして障がいを抱える子供も預かっている。ある日、預かった子供の親から電話がかかってきた。

「今日は寒いので、子供に下着の上に二枚のセーターを着せて出したのだが、帰ってきたら、セーターを一枚しか着ていない。どういうことだ？　サニーガーデンという所は子供のセーターを盗むのか？」という怒鳴り込みだった。

担当者によると、その子が駆け回って汗をかいていたので、確かに裸にして汗を拭いたが、間違いなく全部着せて戻した。一枚着せなかったなどということは絶対にないという。

子供のセーターを盗むなど、あり得ない。どうしたらいいのかと悩んでいると、再び電話がかかってきた。

「着せたセーターの順序が朝と違っていて、なくなったと思ったセーターが、もうひとつのセーターの下に着せられていた」

と連絡してきた。要は着せる順序が違っていただけということだ。

車椅子を壁にぶつけて傷をつけたので、その確認をしたところ、親から電話がかかってきて、

「壁に車椅子を当てるなという文句は酷い。不自由な人間にとっては仕方がないこと

だろうが。それなのに厳しく何度も叱るとは何事か」と、怒鳴られた。

子供は親に甘えて、強く叱られたと言い、親は可愛い子供が不当に強く叱られたと思う。

親子の心情として仕方がないと、ベテランの「職員」たちはこんなクレームは仕事の一部として受け止めるが、苦しい。

それでも、一生懸命良い生活支援を心掛けている「職員」たちの心は沈む。

家に帰って夕食時に、思わず夫や子供たちに、嬉しい話と共に愚痴も話してしまう。夫も子供も「またお母さんの仕事の話が始まった」と微笑みながら耳を傾けてくれるという。


「利用者」は例外なく旅行が好きだ。

旅行と言っても通常の企業の旅行のように全員揃って観光地を訪れるような旅行ではない。

「利用者」の障がいの程度によって個々に違った旅行となる。

ある「利用者」には施設の近所を数時間、車で出かけるのが旅行になるし、東京に行ってお昼ご飯を食べて帰ってくるのも旅行となる。

　無論、軽い障がいの「利用者」には、宿泊を含む観光地などへの旅行もある。そんな旅行には必ず一人の「職員」ともう一人、男性の「職員」が同行する。男性の「職員」は万一の場合に備えてだ。

「万一の場合」もいろいろある。

　こんなことがあった。横浜のズーラシア（動物園）に寄り、園の見物を終え、園内で昼食をとり、いつものように「利用者」に食後の薬を飲ませ、次の目的地の静岡県の浜松に移動した。

　ところが、同行していた職員が薬の入ったバッグを横浜のズーラシアに置いてきてしまったのだ。

　ズーラシアから浜松までは二百キロ以上あり、時間にして三時間を要する。さあ、取りに帰るか、どうするか、往復六時間である。悩んでも仕方がない、取りに帰ることを決めた。取りに行くのは、薬を忘れた職員だけではなく、もう一人男性職員が同行する。問題はこれで本隊に同行する男性は一人になってしまったことだった。

　この旅行には、サニーガーデンの所属するグループの一員である幼稚園の園児たちに同行していて、静岡県のウミガメツアーというものに同伴参加させてもらっている。

このウミガメツアーとは、養殖施設でウミガメの卵を掘り出し、生まれたウミガメの赤ちゃんを海に放すプログラムだ。

これに参画するには砂浜を車椅子で移動しなければならないのだが、普通の車椅子ではタイヤが砂に沈んで大変である。

そのために、砂浜用の太いタイヤの車椅子を二台用意していたのだが、男二人は薬を取りに行って、いない。太いタイヤでも砂浜を女子職員が動かすことは大変なのだ。

それを見て幼稚園のお父さん方が手伝ってくださって助かった。

ウミガメの卵を掘り出し、ピンポン玉より少し大きめの卵に触れた時の子供たちと障がい者たちの笑顔は忘れることができない。

そして何よりも忘れがたいことは、このツアーに参加していた幼稚園の保護者達、とくにお父さん方が率先して車椅子を担ぎ上げ、更に操作を手伝ってくださったことだ。忘れた薬を取りに行ったことで男手を欠く施設側としては本当に有難かった。

こうしたふれあいは、利用者、保護者双方にとって心あたたまる経験となる。

旅行は前に記したように、どんな「利用者」にとっても最高の楽しみで、計画をし

始めただけで、興奮して体調を崩す者もいるほどだ。

そんなわけで、同行する「職員」は油断ができない。

旅行先のホテルのベッドが、施設のベッドとは違って傾斜がないために、ある「利用者」は喉に食物が詰まって苦しみ出し、救急車で病院に運びこみ命を取り留めたなどという例もある。

そもそもが障がい者なので、場所が変わり、食べ物が変わり、更に興奮が加わって、事故や異変が起こらない方が不思議と言ってもいいかもしれない。

しかし旅行は「利用者」の最大の楽しみであり、サニーガーデンは前向きに取り組んでいる。

サニーガーデンは、「利用者」ごとに担当の「職員」を決めるということはしていない。

その最大の理由は、「利用者」が障がい者であるからだ。

万一の事態は、いつ、どこで起こるか分からない。緊急の事態が起きたら近くにいる「職員」がすぐさま対応する。

「利用者」の担当の「職員」を探し、または呼ぶ時間はないのだ。

「職員」の誰もが、すべての「利用者」の状況を熟知していてすぐ対応するのだ。

サニーガーデンを訪れる人々はサニーガーデンの職員の誰もが生き生きと働いているのに気がつく。それは「職員」の誰もが「利用者」すなわち障がいを持つ人々の助けに少しでもなりたいという強い気持ちの表れなのだ。

第十一話　流血

事件は日曜日の朝起こった。

その日、理事長は前日にやり残した仕事をかたづけようと二階の事務室で書類に目を通していた。

そこへ突然、職員の頼子が飛び込んできた。

「大変です。あの人の頭が」

と言ったきりで次の言葉が出ない。

理事長が言った。

「深呼吸をしなさい。深呼吸だ」

頼子の体は小さい。その小さな体を折って、深呼吸を何度か繰り返した。

「何があったんだ？」

「頭から血が流れているんです」

「誰の？」

「山口さんです。頭を殴られたそうです」

理事長はすぐ立ち上がり、二階から一階の山口という利用者（障がい者）の居室へと、階段を駆け降りた。

山口の居室に入ると、ベッドに横たわっている山口の真っ赤な頭が目に飛び込んできた。山口の頭から血が流れ出ていてベッドの一部も、その血で赤く染まっている。数人の職員が懸命にその出血を止めようとしている。傷はかなり大きいようだ。

理事長は、すぐさま救急車を呼ぶようにと一人の職員に指示した。どのようにして、こんなことが起こったのかと、もう一人の職員に尋ねた。

その職員によると、山口を襲ったのは、現在何食わぬ顔で廊下を車椅子で行ったり来たりしている石田という男だという。

石田は、ある工場で勤めていた時に、ガス中毒の事故に巻き込まれて障がい者となった男で、普段は温厚に見えるが、陰では、いろいろと他の「利用者」にちょっかいを出していると、報告されている人物だ。

それにしても、独りで生活ができずに障がい者としてここで生活している人間が、どうしてこんなことをしたのか？

そんなことを考えながら、理事長は石田に近づき、

「なにがあったの」と尋ねると
「あの男がベッドから起きあがるたびに、ベッドがきしんで、うるさくってたまらないんだ。毎日毎日なんだぞ」

という答えが返ってきた。

「それで？」

「これでぶんなぐってやったのさ」

と言って、石田は得意気に歩行杖を振り掲げてみせた。

これは傷害事件だ。長い一日になると理事長は覚悟した。

やがて救急車が到着し、事情を聴取し始めた。

この時間帯、施設は朝食の時間で職員たちは極めて忙しい。そのため、理事長は進んで山口を病院に運ぶ救急車に添乗した。

病院に到着し、処置室で診察を受けていると、施設から警察が入ったという報告が入った。理事長は施設に急いで帰った。

帰り着くと、施設に来ている警察官の中に親しい刑事がいるのを見て理事長は少し

ほっとしていた。

この理事長は、警察の多くのボランティア活動に参加しており、所轄の刑事の多くを知っている。そして、特にこの刑事とは、接触することが多かった。

理事長は、障がい者支援施設サニーガーデンと共に幼稚園も経営している。その幼稚園での不審者対応訓練などで、この刑事には特にいろいろと世話になって親しくなっているのだ。

あの忌まわしい、社会を震撼させた「大阪教育大学附属池田小学校」事件が、幼稚園や小学校における安全神話を崩壊させ、事件後は、幼稚園や小学校で警察を含めての訓練が行われるようになった。

また、障がい者の施設でも万一の不審者に備えて、訓練を行うようになった。

施設の利用者の中には、前にサラ金に手を出し、それを返していない者もいる。そのために施設に「取り立ての男」が現れることがあるのだ。そんなことの対応に関しても、この刑事にはいろいろと世話になっている。

不審者などに対して、いろんな訓練を行うのだが、やってみると隙だらけというのも事実で、障がい者施設も決して安全というわけではない。例えば神奈川県相模原市の施設で起きた事件などがその例だ。

　話を戻そう。

　施設からの事件に関する詳しい説明を受けると、例の理事長と親しい刑事が、警察側を代表して本署に電話を入れた。長い電話の末、次のような結論が出された。

「本件は、傷害事件には違いないが、加害者を署に連行したら、排せつや食事などの介助作業が必要になる。そんな介護の作業は、署ではできない。よって加害者を連行するのはやめることにする。そのかわり、署長あてに上申書を提出してもらう」

　理事長がその結論に感謝した後、尋ねた。

「上申書というものがあるのは知っていますが、書いたことはありません」

「教えてあげますよ」と例の刑事が即座に答えてくれた。

　上申書は「今回の不祥事は、管理不行き届きが原因で起きたことです。今後は対応に最大の努力を払いますので、処罰の対象にはしないで頂きたい」という内容だった。

　問題は警察関連だけではない。被害者への対応という大きな問題がある。今回の被害者である山口は、静岡県の出身で、奥さんとは離婚が成立しているものの、身元保証人にはなってくれている。

その元夫人である身元保証人への対応に加えて、本人の実の兄弟にも事情を報告し了解を得なくてはならない。

被害届を出すことなく立件しない方向で了解をしてもらわねばならないのだ。

幸いなことに、元夫人は理解をしてくれて、加害者の石田が治療費全てを支払うということで示談が成立した。

施設での生活は、利用者にとっても、また職員にとっても、とくにそれまで正常な生活を送っていた人からすれば、障がいを受け入れることを含めてストレスを抱えている。

石田もその一人であったと思われる。将棋が強く、時折、昔のことを、はにかみながら話してくれる時の穏やかな顔が思い浮かぶ。だが、石田は、その後、他の地域で暮らすことを希望し、退所していった。

一方の山口は、歳を重ねるごとに我が強くなり、職員が閉口することが多くなっていく。食事の時に、職員が放送で呼び出さないと席につかない。相性が悪いのか、徹底的に攻撃される職員もいる。

いまの時代、「虐待」という言葉は職員の心や行動にプレッシャーをかけている。

利用者とのコミュニケーションがうまくいかないときには、いったんその場を離れるようにと指導しているのだが、どうしても関わろうとすることが多い。自分は生活支援のプロであるという、プライドからなんとかしなければという思いで、泥沼に陥っていく。

そうした職員をどう救っていくのか。

これも、現場が抱える大きな課題である。

第十二話　空がない

澤木聡子は、サニーガーデンで働く四十代前半の女性である。

彼女の住まいは、宇都宮市の南に隣接する上三川(かみのかわ)という町にあり、勤め先のサニーガーデンは、宇都宮市の北西にある。

従って通勤には、宇都宮の市街地を通り抜けなくてはならず、職場に着くまでに一時間以上見なければならない。

勤め先の近くに引っ越せばいいのにと、よく言われるが、上三川の家は、聡子が生まれ育った家で離れがたいし、そもそも移り住むための蓄えなどない。

聡子はその家で、夫と聡子の両親との四人で暮らしている。

一人の妹と二人の子供がいるが、それぞれ独立して、別の所に住んでいる。

夫は、大型観光バスの運転手をしていて、元気で働いてくれているが、仕事柄家に居ないことが多い。

父親は、要介護「4」で、日曜日以外は、朝から夕方までデイサービス施設の世話になっている。

母親も、要介護「3」で、デイサービスで週に数回、機能訓練と入浴のサービスを受けている。

聡子は、仕事から帰ると、まず第一に、両親が家にいるかどうかを確かめる。そして両親の元気な顔を見るとほっとする。

次に、家のどこかに異常がないかをチェックする。

よくあることだが、台所やトイレなどの水道の蛇口が便にまみれていることがある。そうなると、時間をかけて洗って消毒をしなければならない。

家中を調べ終えて異常がないことを確認すると、聡子は、両親と、自分たち四人の夕食をつくる。

そして夕食が終わると、夕食の片付けをし、次に翌朝の両親の朝食の用意をする。

それが終わるには早くても九時を過ぎる。

両親の朝食は、夜中の二時頃に始まる。

その音で聡子はどうしても一度は目を覚ましてしまうのだが、夫は昼の仕事で疲れているのだろう、両親の朝食の音には気がつかないで眠り続けてくれるので、聡子はほっとする。

朝になると夫と朝食をとり、両親に服を着せ、四人の食器を洗い、次に両親がデイサービスから帰ってきてから食べる夕飯を作り置きして、八時前に家を出てサニーガーデンに向かう。

九時までにサニーガーデンに着き、仕事をし、午後の四時に仕事を終えて帰路に着く。

これが、聡子の土曜と日曜日を除く毎日だ。

家に帰って何か特別なことがあると、聡子には、その分、眠る時間が減る。

先月もある日、帰宅すると父親がいない。警察に連絡して捜してもらい、かなり離れた場所の田んぼの中で動けなくなっているのが見つかった。

こんなことがあると、聡子には、それだけ寝る時間はなくなる。

母親が居なくなることもある。

週末にはゆっくりできるかというと、そんなわけにはいかない。平日にはできなかった仕事がいろいろとある。たとえば、次の週の食料などを買いに行かねばならないし、たまった両親と夫と自分の衣類の洗濯もしなければならない。

こんな聡子にとって、サニーガーデンでの仕事は、仕事でなくなってしまっている。

サニーガーデンの仕事は、家での仕事に似ていることも多いのだが、ちっとも辛いと感じないのだ。

何故なのだろう？

家の水道の蛇口に付いた親の便を処理するのと、サニーガーデンで赤の他人のおむつを交換するのと、どうしてこんなに、気持ちが違うのだろう。

サニーガーデンの上司や同僚は、皆優しい。酒乱だった自分の祖父や母親と、つい比較してしまう。

母親に箒の柄で叩かれてできた肩の傷跡は、まだ残っているし、火箸で叩かれて曲がった左の中指は曲がったままだ。

そんなことの恨みが、まだ心の底に残っていて、親の汚物の処理は嫌で、赤の他人のものは嫌でないのだろうか？

家での仕事は暗く辛く苦しいのに、サニーガーデンでの同じような作業には、何の抵抗もない。

同僚たちは、私が家でどんなことをしているかを知っているようだ。自分がサニーガーデンの仕事で少しでも苦労していると分かると、すぐ駆け寄って助けてくれる。またサニーガーデンの同僚とのおしゃべりが何よりも楽しい。

大げさに言えばサニーガーデンの勤務時間は自分にとって楽しく、自宅での時間は、気力と体力との闘いの時間だ。天国と地獄なんて、つい思ってしまう。

十二月の寒い日だった。仕事を終えて、聡子は帰宅の車を走らせていた。いつも通っている慣れた道なので、どうしても眠気が起こる。その眠気と闘いながら運転を続けていた。

やがて聡子は、緩い下りの左カーブの道にさしかかっていた。路面が凍っていたのだろう、急に車が右に向きを変え、反対車線を、斜めになって滑り始めた。

聡子は、夢中でブレーキを踏んだが、車は止まらない。斜めの方向を向いたまま、道の反対側の塀をこすりながら十メートルほどだろうか滑り、やがて止まった。

車の前と右側は大破したようだが、聡子に怪我はなかった。対向車がなかったことが聡子の命を救っていた。

冬場のこのあたりの道はすぐ凍結することがあることを聡子は知っていたのに、眠気と家に帰ってからの仕事の数々に気を取られてしまっていたのだ。

「なにもかも、おしまいだ」

聡子は心の中でこう呟いていた。

「対向車線に止まっている間に、大きなトラックが来て激しくぶつかって、自分を殺してほしい」

こう聡子は願っていた。

自分がいなくなったら、両親はどうなるのだろう。きっと役所が見てくれる。子供たちは独り立ちしている。何とかやっていってくれるだろう。疲れた。本当に疲れた。

こう心の中で聡子は呟いていた。

この事故が起こる一時間ほど前のことである。事務所の窓から、橘部長は仕事を終えて駐車場を出ていく聡子の車を見送っていた。虫の知らせなのだろうか、なんとなく聡子のことが気になった。

これから仕事で宇都宮の市内に行くという桜木施設長に、聡子の車をしばらく追尾してくれないかと頼んだのだ。

「聡子は凄く疲れているようなの。宇都宮の混雑を抜けるあたりまででいいから、そっと後をつけていって、無事に宇都宮の混雑を抜けるまで見届けてほしいの」

こう頼まれて、桜木施設長は聡子の車を追っていた。

そして、聡子の車を追いながら緊張していた。橘部長が心配していたとおり、聡子の運転はおかしかった。右へ左へと、ふらふらして、見ているだけでも恐ろしかった。

自分の宇都宮での約束の相手には、携帯で時間を遅らせてもらい、聡子が無事に帰宅するのを見届けようと決めて、聡子を追い続け、上三川町に入ってしばらくしての事故だった。

桜木施設長は自分の車を止めて、聡子の車に駆け寄り、茫然としている聡子を引きずり出して、自分の車におしこんだ。

それから、桜木施設長の獅子奮迅の活躍が始まる。

まず警察に事故の報告をし、レッカー車を依頼した。

続いて、救急車を呼んだ。

聡子を自分の車の後部座席に入れ、聡子の様子が一応大丈夫と確認すると、桜木施設長は聡子に動かないようにと告げ、聡子の車が削った塀の家を訪れた。名刺を出して、壊れた塀のことを詫び、必ず元どおりに直すからと述べて了承してもらった。

そして再度聡子の様子を見に自分の車に戻る。

やがて警察とレッカー車と救急車が次々と現れ、警察は人身事故でないのを確認して去り、レッカー車も聡子の車を引いて去っていった。

その間、聡子と救急車の職員がもめていた。

聡子が救急車には乗らないと乗車を拒否しているのだ。自分はただ少しの間、気を失っただけで、もう大丈夫だ。早く家に帰らなければならないと救急車を拒否しているのだ。

やがて救急車はあきらめて去り、桜木施設長は聡子の要望に従って聡子を聡子の家に送る。

聡子は桜木施設長に
「有難うございました」

と言って家に駆けこんでしまう。

桜木施設長は、このまま何もせずに帰っていいものかと迷うが、やがて帰途に着く。

この報告を受けて、サニーガーデンでは聡子は当分仕事には来れないだろうと推測し、聡子なしの体制を整える。

聡子の復帰は、もうないだろうと思う者もいた。その理由は車だった。聡子に新しく車を買う余裕はないと思われたのだ。

だが「迷惑をおかけして申し訳ないが、来週から出勤する」と聡子から電話があり、その言葉どおり、事故の五日後の朝に聡子は姿を現した。事故は木曜だったから、聡子が休んだのは二日だけだった。

聡子は、小さい古い車だが良く走ると、誇らしげに新しい車を桜木施設長と橘部長に紹介した。車は、大型の観光バスの運転手である聡子の夫が、車がなければ仕事に行けないだろうと、友人に頼んで安く手に入れてくれたということだった。

事故で身体は本当に大丈夫だったのかと心配していた橘部長は、元気な聡子を思わず抱きしめていた。

抱きしめられた聡子の目からは、大粒の涙がこぼれていた。

第十三話　象の墓場

沼澤彩子は、サニーガーデンで働きはじめて五年ほどになる四十代の女性である。

彩子は、九州佐賀市の近郊で生まれ、伊万里で育った。小学校五年の時に、父親の仕事が関東地区に多いことから、栃木県栃木市に移り住む。

やがて成人となった彩子は結婚し、栃木県鹿沼市に移り住み、二人の子供を産み、夫の父親と共に、平穏な生活を送っていた。

ところが、栃木市から同じ栃木県の足利市に移り住んでいた両親に離婚話が起こる。

その離婚話の最中に、母親は、何故か彩子が父親の肩を持っていると、彩子に強い敵意をもつようになる。そして離婚話は、父親と彩子対母親と二人の弟の対立という形になっていく。

そして彩子にとってその理由がよく分からぬまま両親の離婚が決まってしまう。

彩子の鹿沼市の住まいは、あまり広くないうえに、夫と幼い子供二人と、夫の父親、それに彩子を含めて、五人が住んでおり、離婚で一人となった父親を引き受けることはできない。そこで、父親は、足利市にアパートを借りて一人住まいを始める。

彩子は、この時期サニーガーデンで仕事をして家計を助けているが、暇が出来ると車を飛ばして足利に出かけ、父親の世話をしていた。

ところが、父親が一人で住み始めて七ヶ月ほどたった時のこと、足利の病院から彩子に、話があるので来てほしいという要請がある。何事かと出向いたところ、父親が肺癌末期のステージ４と伝えられる。

そのため父親は、壬生町の獨協医大病院で手術を受けるが、血管をがん細胞が取り巻いているということで、肺の一部を切り取っただけで閉腹されてしまう。

父親はその後、足利市のアパートに戻り、一人の生活を始めていたが、糖尿もあり、ある日アパートで倒れてしまう。

彩子は、それまでは朝晩電話をし、週末には車を飛ばして様子を見に行っていたのだが、父親が急に倒れるという危険があると分かった。だが、近くの鹿沼に連れてきても、仕事をしなければならない自分が、四六時中父親についているわけにはいかないと、途方に暮れる。

離婚した母親が父親を引き受けるとは考えられず、狭い我が家は現在でも五人で一杯だ。

途方に暮れている彩子のことを聞いた理事長が桜木施設長、橘部長、高山部長の三人にはかり、彩子の父親をサニーガーデンの一室に受け入れることを決める。

彩子の安堵と喜び、理事長たちに対する感謝は言葉に表せない。

すぐさま父親はサニーガーデンの一室に落ち着くことになる。

入所時には、ふらふらしていた父親の足取りは、日に日によくなる。そしてサニーガーデンの全員と親しくなっていく。

父親はサニーガーデンの食事にはない、焼き肉が食べたいと言い出し、娘の彩子は鹿沼の焼肉店に父親を連れて行く。

また菓子を買って来てくれと頼まれて買ってくると、父親はそれを自分では食べずに職員に配る。そうとは知らぬ彩子は、職員たちに礼を言われて、初めて菓子は父親が職員たちへの感謝の気持ちのためと知る。

父親が入居して二ヶ月ほどたった時、子供の頃彩子を大変可愛がってくれた父親の姉、すなわち彩子の伯母が、九州からはるばるサニーガーデンにいる弟と姪の彩子を訪ねる。

羽田に降り立った年老いた伯母を彩子は出迎え、三十数年ぶりの涙の再会を果たす。サニーガーデンの個室で彩子の父親と伯母は長い間話し合い、同日彩子は伯母を羽田に見送る。伯母の年齢から考えて、もう二度と会うことはないのではと、涙を流しながら彩子はサニーガーデンに戻る。

九州に帰る伯母を見送って、二週間ほどたったある日のことである、父親が彩子に出し抜けに言った。

「おい、彩子、サニーガーデンは飽きたよ。俺は足利に帰るぞ」

彩子は自分の耳を疑った。

「なんですって？」

「足利に帰るって言ったんだよ」

「ひとりでどうするのよ？　本気じゃないでしょうね」

「本気だよ」

彩子は、しばらく父親を睨みつけていたが、やがてはっとして、言った。

「わかったわ。お母さんと仲直りしたのね。それならいいわ」

「馬鹿言うなよ。あいつが、死にかけている俺を引き受けると思うか？　笑わすんじゃねーよ」

「それじゃあ、足利でどうするの」

「どうせ、もう長いことないんだ。友だちの所に厄介になるよ。話は付いているんだ」

「足利に行ったら、私はお父さんの世話はできませんよ」

「わかっている。お前の世話には、もうならないよ。足利の俺の古いダチが俺のことを最後まで見てくれるさ」

こう言うと、父親は自分の携帯電話を取り出して彩子の番号を消し、続いて彩子の携帯電話を取り上げて自分の番号を消した。

そして「これでもうお互いに連絡は取れない。お前の世話には、もうならないってことがわかったろう」とつぶやいた。

そしてその翌日、父親は自分の荷物をまとめ、タクシーを呼び、誰にも挨拶することなく去って行った。

その翌週、父親は足利の古い小さなアパートの一室で古くからの仕事仲間の友人と焼酎を飲み交わしていた。

「いいかい、俺が倒れたら、何もしないでしばらく放っておくんだぞ。そして俺が冷たくなったら、警察か保健所に連絡するんだ。あとは彼らがちゃんと処理してくれる。お前は何も知らないと言ってればいいんだ」

返事をしないその友人に父親は続けた。

「わかってくれたかい？」

「わからねえよ。わかるはずないじゃないか。せっかく娘さんの所で最後まで面倒見てもらえたのに、なんでここで、誰にも看取られないで、終わろうってしているんだい？　わかれって言う方が無理だよ」

「理由は簡単なんだ。これ以上、娘の彩子には迷惑かけたくないんだ」

父親は焼酎を一口飲むと続けた。

「実はな、先日、俺の姉がな、いい歳しやがって、九州からわざわざ俺に会いに来やがったんだ。俺と彩子のことを心配してな。

そこで俺が、彩子が働いている障がい者の施設に、そこの理事長さんの好意で特別に入れてもらっていることを話したんだ。

娘の彩子とは毎日会えるし、飯は食わしてもらえるし、風呂にも入れてもらえる。

ないのは焼酎だけだ。ここは天国だって話したんだ。医者にあと二、三ヶ月と言われているが、最後までゆっくり彩子の世話になって、俺は幸せに天国に行けるよって話したんだ。そしたら姉の奴、怒って、お前は最後まで彩子に迷惑をかけて死ぬつもりかいって言いやがったんだ。

俺が最後まで施設に居たら、彩子にどれほど迷惑が掛かるか考えないのか？　彩子がどんなに肩身の狭い思いをするか分からないのかって言いやがったんだ。

姉はこんなことも言ったんだよ。

『子供の頃一緒に読んだ本にあったでしょ。覚えてないの？

ほら象の話ですよ。象は自分の死期が近づくと、そっと群れを離れて、独りで『象の墓場』という所に行って死ぬ。仲間に迷惑をかけないためですよ。お前も最後には、人に迷惑をかけずにこの世を去れ。特にあの可愛い彩子にこれ以上迷惑をかけてはいけません』

こう言って姉貴は帰って行ったんだ。

俺はあの可愛い彩子と、あの施設の優しい人たちに、これ以上絶対に迷惑かけたくないんだ」

こう言って父親はコップに残った焼酎を旨そうに飲み干した。

父親が去ってほぼ四ヶ月になるが、彩子を含めてサニーガーデンの誰も父親が現在どうしているか知らない。

第十四話　遠い国から

令和三年のサニーガーデンの正月は、二つの理由で例年と違っていた。

一つは、新型コロナウイルス対策で、例年の行事が行われなかったこと、もう一つは、サニーガーデンとして初めて、海外から生活支援の職員をモンゴルから迎えたことだった。

最近の日本の若者は、介護の仕事を志す者が少ない。それに備えて、サニーガーデンの管理職は二年ほど前にリクルートのためにモンゴルを訪問している。

その結果、選んだ女性が、現地での日本語の学習を終え、さらにコロナで半年ほど予定より遅くなり、二年かかってやっとサニーガーデンにたどりついたというわけだ。

彼女の参加にサニーガーデンの管理職の喜びと期待は言を俟たない。

彼女の名前は、GANNTULGA NINA。

難しいのでＮＩＮＡさん、すなわち『ニーナさん』と呼ぶことになった。

ニーナの年齢は、三十四歳、モンゴル出身と言うだけあって身体は大きい。モンゴル出身の元横綱白鵬の妹と言っても通りそうな大きさだ。顔も、もしかしたら似ているかもしれない。

彼女は十八歳の時にドイツのハイデルベルグ大学に留学し、四年半同校で生物学の勉強をして帰国している。

彼女の母上が癌であり、医学の基本である生物学を学びたいということからの留学だったという。

ご存じの方も多いと思うが、モンゴルという国は、経済的に決して豊かではない。モンゴルの全人口の三分の二が住むという首都のウランバートルでさえ、道路が舗装されているのは、市の中心部だけで、あとは砂利か土の道である。その砂利道や土の道に沿って、例の放牧のために移動可能な住居であるゲルが立ち並ぶ。

そこには電気も水道もない。

そんな国から、十六年前に、ドイツへの留学は、モンゴルではかなり裕福であると想像される。ニーナの家族にとって、かなり大変なことであったろうと推測される。事実ニーナは大学に通いながらいつも働いたと述べている。

余談だが、彼女が学んだドイツには、あの有名な「舞姫」、「高瀬舟」、「山椒大夫」

などの名作を書いた森鷗外が一八八四年に留学しておりハイデルベルグ大学を度々訪れている。

こんな留学の結果、ニーナはドイツ語も英語もかなりできる。

ドイツで学んだ生物学と、日本でこれから学ぶ生活支援をマスターし、将来、モンゴルに帰ってサニーガーデンのような施設を創るのが彼女の夢だという。

サニーガーデンは、ニーナのような外国からの職員のために、サニーガーデンから自転車で三十分ほどの所に一軒の家を用意していて、ニーナはそこから毎日自転車で通勤している。

ニーナがウランバートルで住んでいたマンションは、日本の北海道の建物のように、暖房が完備している。ところが、サニーガーデンが用意した住居は暖房の設備が弱く、ニーナは寒い寒いと言っている。

モンゴルという海のない所で育ったニーナにとって無理もないことかもしれないが、魚介類は一切食べない。

サニーガーデンの職員に用意される食事は魚が多いので、彼女は自分で昼食を作って出勤している。

生物学を勉強した彼女の判断なのだろうが、羊は脂肪が多いので牛肉しか食べない。モンゴルと言えば羊の肉のジンギスカン料理を思い出す日本人には少し不思議に感じられる。

ニーナは、週末には、独りで盛んに近くの町を歩き回って探検しているらしい。先日、スーパーを探して、通りがかった老人にスーパーへの道を英語で尋ねたら、しばらくしてから

「ストレート、ストレート、ストレート、レフト」

と言ってくれたそうだ。

ニーナはそれに従って、まっすぐ歩いて三つ目の角を左に曲がったらスーパーに行きついたという。

ニーナが、このことを職員たちに話すと、職員たちは、「その日本のおじさん、英語が話せなかったのだろうが、よくやってくれた」と喜んだ。

ニーナは日本人の職員たちと仲良く働き始めているが、時々泣きたくなるという。それは栃木弁特有の高い強い調子で話されると、叱られているのではと思ってしまうのだという。

スーパー
where is a supermarket?

相手が怒っているのでも、叱っているのでもなく、この地方の住人の癖なのだと説明されるが、慣れるのに時間がかかりそうだ。

ニーナには日本が嫌になりモンゴルに帰ろうと思った時がある。

それは、ニーナが日本に到着して、日本政府の規則に従って千葉の施設に一ヶ月ほど収容された時のことだ。

この施設は、日本で長期働く許可を得た者が、日本に到着すると入れられて、日本の規則や風習などを教えるための施設なのだが、まず教師にやる気が全くなかったようだ。

食事も酷く、ニーナはほとんど食べられなかったという。

それに、収容された施設が酷いバラックで、十二月だったというのに、暖房は弱く、隙間風が吹きこんで寒くて仕方がなかったという。

ニーナが最も耐えられないと感じたのは、そこに収容されている男性たちだった。女性たちが風呂に入っていると、男たちが風呂場の入り口に群がり、出てくる女性に卑猥な言葉をかけたり、写真を撮る者もいたという。主に東南アジアからの男性たちだったようだが、施設側でこんな行為を禁ずる様子はなく、果ては女性たちはレイプされるのではとさえ思ったという。

そんな状況を放置する日本政府に怒り、日本はこんな国だったのかとあきれて、ニーナはモンゴルに帰りたいと思ったという。

そんな時から数ヶ月経った今、どんな気持ちかと職員たちに尋ねられて、ニーナは「あの施設は地獄でした。そしてこのサニーガーデンは天国です」と答えて職員たちを安心させた。

ある日のこと橘部長は、前から気になっていることをニーナに尋ねた。

「貴女、婚約している人いるの？」

「そんな人、いません」

「それじゃ、恋人は？」

「いません」と答えて、しばらくして
「ドイツには、いましたけど」

とつぶやいた。

その少し寂しそうなニーナを見ながら、橘部長は思った。

この人は十八歳の時から四年半もドイツに留学していたのだ。恋人が出来ても不思議でない。そう思った時、橘部長はある物語を思い出していた。

それは、オードリー・ヘプバーンが主演した「ローマの休日」という映画の元となったと言われるもので、その物語は、王女でなく、ある国の王子がハイデルベルグ大学に留学するのだが、父親の王様が急に亡くなり、ドイツの恋人と別れて帰国しなければならなくなり、「黄金の時よ、玉の日よ」と恋人とのハイデルベルグの日々を謡いドイツを去るという物語だ。

ニーナは、どんな気持ちでドイツの恋人と別れて故郷のモンゴルに帰ったのだろうかと想像して、橘の目に涙が溢れそうになった。

最近の新聞によると、中国政府は、既に領土として取り込んだ内モンゴルに対し、モンゴル語を正式の場で使うことを禁じ、小学校から中国語を教えることを決めたという。ニーナの故郷である外モンゴルも虎視眈々と中国は狙っているというではないか。

ニーナがサニーガーデンの研修を終えて、モンゴルに帰る頃の外モンゴルはどうなっているのだろうかと思うと、橘はニーナの将来の幸せを心から祈らずにはいられなかった。

第十五話　コロナ（職員による投書）

コロナの報道が始まり、サニーガーデンは震えた。

この多くの障がい者を抱える孤立した建物にあるサニーガーデンは、あの災害に包まれたクルーズ船ダイヤモンドプリンセス号と同じではないか。一人でも罹ることは絶対に防がなければならない。

理事長は深慮の末、全権限を施設長に任せることを決めた。左記はその苦闘の記録である。

二〇二〇年一月、中国武漢で原因不明の肺炎が報告され、日本の厚労省は注意を喚起した。

そのころサニーガーデンではインフルエンザの対策をしながら、例年通りの正月を迎えていた。

桜木施設長は利用者を連れて近くの神社に初詣に行き、本年もサニーガーデンの利用者と職員が健やかに元気に過ごせますようにと祈願した。

この時期、サニーガーデンが属するエデュケアライズ・グループでは「エデュケアカレッジ」という家庭での介護を題材にした全六回の介護勉強会を開いていた。

この勉強会は、社会福祉法人の公益的取り組みの一環として開催されているもので、地域の方や利用者のご家族、幼稚園の保護者に向けて行われている。

この勉強会は二〇一九年の十月から始まった会で、月一回のペースで開催されており、この年の一月は「移動と移乗」についての講義が行われていた。

桜木施設長は実際に車いすの操作や乗り方を講義し、自らの体験をもとに介護が必要な状態になっても、支援を受けて旅行などに行くことが可能だとの話をしていた。

ところが、その年の二月になると、クルーズ船ダイヤモンドプリンセス号で、感染者がいることがわかり、日本中を震撼させた。

そして「COVID−19」「PCR検査」「ゾーニング」といった聞きなれない言葉がしきりにメディアから流れた。

クルーズ船では七百十二人が感染し、十三人の尊い命が奪われたと分かった。

桜木施設長は、今年は旅行どころではない、サニーガーデンとしてコロナの対策を練らなければならないと悟った。

二月十三日に、サニーガーデンとして、第一回の新型コロナウイルス対策委員会が開かれた。だが、この時点で分かったことは、コロナウイルスの予防についての情報の中には、多くのデマやフェイクニュースがあるということだった。これらを精査して正確な情報をまとめて職員に知らせるまでには、かなりの時間がかかるということだった。

そして調査の結果、二月下旬に「新型コロナウイルス感染防止マニュアル」なるものが完成し、サニーガーデンや関連グループの全社に配布された。

このマニュアルは、その後ブラッシュアップされ、現在 Ver.10 となり運用されている。

次にグループ内の幼稚園の子どもたちや、当施設の利用者に向けて、動画が作られた。これは、緊急事態宣言で通園できなくなった園児や保護者に向けて少しでも何か楽しめることがないかと幼稚園の先生方が計画して作成し、配信されたものである。

二〇二一年四月十六日から始まった緊急事態宣言は、五月末まで続いた。

全国の高齢者福祉施設で多くのクラスター事例が起こりはじめ、サニーガーデンでは感染症防止をさらに強めていった。

感染症対策委員会は、デイサービス利用者の単一事業所（サニーガーデンまたは他の施設一ヶ所）の利用を依頼した。これは一部に批判はあったものの、施設にウイルスを持ち込ませないという意味で大変重要な施策だった。

このころ担当者が頭を最も悩ませていたのが、使い捨てのマスクと手袋などの介護に必要な消耗品が全く手に入らなくなったことであった。

おむつを換える排泄介助、入浴介助、口腔ケアなどで欠かすことのできない使い捨てのニトリルグローブやビニール手袋は、どこに注文しても在庫がない。「メーカーに問い合わせてみます」という言葉ばかりが業者から返ってきて、肝心の納品は全くされないという状況が続いた。

理事長の提案で、清掃用・台所用のビニールの手袋を洗いながら使った。また排泄物を扱うのであるから普段の洗濯機とは別のものを用意し、洗うことが決められた。十分に消毒し、天日に干して乾かした。これで改めて使い捨て手袋の便利さを知った。大変な二ヶ月となった。

時には使い捨て手袋をドラッグストアやスーパーに行って調達したりしたが、このことで地域の人たちの使う分まで施設で買ってしまってよいのだろうかという葛藤があった。

やがて業者から使い捨てビニール手袋が購入できるようになったが、価格はコロナ禍以前の数倍に跳ね上がっていた。

だが地域の人々に迷惑をかけてはならないという思いから、現在も前より価格の数倍する使い捨て手袋の購入を続けている。

二〇二一年一月十五日、栃木県に二度目の緊急事態宣言が発令された。近隣の事業所や学校でクラスターが起こり、いつ施設にコロナウイルスが入ってきてもおかしくない状況となっていた。

もしサニーガーデンにコロナウイルスが侵入してきたら、職員はどのような精神状態になってしまうのだろうか。その不安を少しでもなくすため発症時の初動訓練を行うこととなった。

これは交友のある施設で実際にクラスターが起こり、施設の実体験を聞くことができたことで、コロナウイルスの脅威を身近に感じられたためであった。

サニーガーデンでは三回の初動訓練を行った。

一度目はほとんど形にならないまま終了した。職員は訓練だとわかっていてもパニックに陥った。そしてそれは感染症対策委員会全員にもショックを与えた。

しかし回数を重ねて問題点を一つ一つクリアしていくと、三度目は理事長から及第点を得た。

三度目の訓練の前に、机上でのシミュレーションを行った。サニーガーデンには自衛隊経験者が生活支援員として勤務している。彼の経験が活かされた。

二〇二一年三月、感染対策を万全に行いながら利用者を外に連れ出そうという計画を立てた。これは利用者が施設の中で引きこもって暗い気持ちになっているのを感じていた橘部長の提案だった。

県内の桜の名所や花のきれいな公園など密を避けながら多くの利用者が、かわるがわる外出し、束の間の散策を楽しんだ。

外出から帰ってくる利用者は皆、穏やかな笑顔になっていた。

皆は思った、コロナが終息したら利用者に思う存分外出や旅行を楽しんでもらおう。

第十六話　急な坂

その男は、ある大学のラグビー部の選手として大活躍して、新聞をにぎわせ、将来の日本を代表する選手になること間違いないと評されました。

彼は、学業の成績も優秀で、背が高く、眉目秀麗で、女子学生に大もての男でした。大学を卒業すると、有名な大企業に就職し、異例の早さで昇進し、四十七歳で役員に抜擢され、将来の社長候補と言われていました。

彼は、若くして美しい女性と大恋愛の末に結婚し、子供はできませんでしたが、誰にも羨まれる日々を送っていました。

ところが、五十六歳の秋のある日に、彼は二人の部下と共に、イタリアのミラノにある取引先を訪問します。そしてその翌日、会社が属する業界の国際会議に出席するために、フランスのカンヌに車で向かいます。

ミラノからカンヌへの道は、まずミラノから二百キロほどを、高速道路で南下して地中海に達し、地中海の北岸を東に五十キロほど走ると目的のカンヌに到着します。

道順は、まことに簡単なのですが、大陸棚を南下する高速道路と、地中海の北岸を海に沿って東西に走る道路との高低差が百メートル以上あり、そのために、その下りの百メートル以上のジグザグコースを下らなければなりません。

この下り坂で、運転を誤り転落し、彼は命を落としてしまいます。

モナコ大公の妻で、米国の映画女優だったグレース・ケリーが、やはりこの坂で運転を誤り命を落としたことで、この坂は知られています。

予定では、ミラノからカンヌへの移動は飛行機になっていたのですが、当日の天候の予想があまりよくなく、飛行機が飛ばない可能性があると知り、カンヌに車で向かったということでした。

飛ばないかもしれないと心配された飛行機は、当日になって天候が回復して飛んだとのことで、万一飛ばなければ、日本の業界を代表する自分が大切な国際会議を欠席することになり、申し訳ないという責任感が、彼に車での移動を選ばせて、その結果、命を落とすということになったわけです。

亡くなったあとで分かったことですが、この時期のミラノの天候は雲が多く、初めから飛行機での移動には数日の余裕を見るべきだったと、社内では言われていたようです。

また同行の部下の二人は重傷ながら命は落とさなかったそうで、これも人の運命というものを感じさせられます。

遺体は日本に移され、盛大な社葬が行われました。

その葬儀が行われて、ほぼ三ヶ月後のある日、夫人は、東京のあるＪＲ駅の改札口で意識を失い、倒れてしまいます。そして、救急車で近くの病院に運ばれ、緊急手術が行われます。脳に腫瘍と出血があったとのことでした。

夫人の友人たちによると、葬儀の後、夫人に時々異常な行動が見られ、心配されていたとのことで、腫瘍や出血は、夫の急死という大きなショックからと推測されました。そして夫人の長い闘病生活が始まります。

彼女は幾つかの病院を転々とし、ほぼ四年の後、サニーガーデンに収容されます。その夫人には数年前の美しかった面影は全くなく、やせ細った体と顔は、夜の暗い蛍光灯の下では、幽鬼のように見えることさえありました。

親族も友人も少ないのか、サニーガーデンに彼女を訪れる人は全くなく、職員たちは、夫人の過去を知り、なんとか往年の健康で美しい夫人を取り返して見せると誓っています。

聞くところによれば、亭主が生きていたころは会社の同僚や部下、果ては上司の家族までが何かというと寄って来て、頼みもしない世話を焼いてくれていたのが、亭主が亡くなると、皆、手の平を返すように去って行ったそうで、その有名な大企業で働く人はそういうものかと、サニーガーデンの職員たちは、改めて彼女の回復に向けての熱意を燃やしています。

第十七話　ナイロンのストッキング

昭和四年に東京の杉並で生まれた福地喜一郎は、なんと十五歳で海軍の飛行兵を志願し入隊します。当時、戦争が長引く中、親族に国の為に闘う軍人が一人もいないので申し訳ないと思い、志願したそうです。

一年間の訓練を終え、当時「赤とんぼ」と呼ばれた練習機でやっと飛べるようになると、彼は九州に送られ、特攻隊の要員として待機させられます。しかし九州に派遣されて、ほぼ二ヶ月後に終戦となり、隊は解散します。

十七歳の彼は、わずかな退職金（？）を与えられ、故郷の東京に向かいます。ところが途中の数々の川では、橋がすべて米軍の空爆によって破壊されており、土地の人の好意や、時には高額の渡し料を取られながら、やっと鉄道の通る町までたどり着きます。ところが列車に乗ろうとすると、どれもが超満員。人々のなかには列車の屋根に乗った者もいましたが、長いトンネルの中で機関車の出す煙で窒息した者も多かったそうです。

彼は、マッチ箱一つの大きさの新型爆弾で破壊されたと告げられた広島を通過し、終戦のほぼ一月後に故郷の東京にたどり着きますが、なんと東京杉並に住んでいた家族は全員、米軍の空爆で死んだと知ります。

それから彼は、何年かを浮浪児として生き抜くのですが、その頃のことをあまり話したがりません。ただ、一つだけ忘れられないこととして話してくれたことがあります。

それは、郵便局に臨時の掃除夫として雇われた時、ナイロンのストッキングが米国から郵便で沢山送られて来ていることを知り、そのいくつかを、そっと抜き取り、腹に巻いて郵便局を退出し、当時日本にはない貴重品だったそのナイロンのストッキングを高値で売って、豪華な食事を腹一杯食べたということでした。

彼は、やがて、町で進駐軍の兵士たちと仲良くなります。そしていつの間にか、かなり英語が話せるようになっていました。

彼によると、中学時代の英語の教師が

「外国語を話すには耳だ、即ち音だ。赤子は母親の言うことを聞いて言葉を覚える。目で見て字になっている言葉を覚えることはないだろうが」

と教えられたことが大変役にたったと言っています。

いずれにしろ、彼はかなり英語が話せるようになり、やがて進駐軍で働き始めます。生まれて初めてと言っていい、経済的に苦労のない生活を始めたわけです。

やがて彼に大きなチャンスが訪れます。

それは進駐軍との仕事で、たまたま日本を訪れていたフィリピンの大財閥の主人が、何故か進駐軍で働く彼に目を付け、かなり難しい仕事を彼に頼みます。彼はその仕事を見事にやってのけます。するとその財閥の主人は日本での仕事を次々と彼に任せるようになります。

そのフィリピンの財閥は、進駐軍が払い下げるブルドーザーなどの土木建築機械の落札、購入、日本からの新造船や中古船の買い取り、ラワン材の日本への売り込みなどをするのですが、それらの仕事はやがて数百億円に達したとのことです。

これらの商売の日本の代表として、彼はそのフィリピンの財閥の主人の信頼と期待に応えて活躍します。

彼がフィリピンを訪れると、マニラ空港には財閥の出迎えがいて、空港の税関などは全て素通りし、迎えの車に案内され、車に乗り込むと、その車の前を警察の車がサイレンを鳴らして財閥のビルへと先導したそうです。

彼はやがて結婚し幸せな生活を送るようになるのですが、その財閥の主人の誕生日の豪華なパーティーには必ず夫妻で招かれ、時には豪華なヨットでの南太平洋への数週間のクルーズにも夫妻で招待されることも、しばしばだったそうです。

何故こんなにその財閥のトップに信頼され愛されたのかと、本人もしばしば不思議に思ったそうです。どうやら、十七歳で特攻だったことや、浮浪児として靴磨きまでした彼の経歴、それにめげず、明るく前向きな彼に財閥の主人が惚れこんだということだったようです。

彼はほぼ四十年間、この財閥のもとでフィリピンだけでなく、東南アジアにも事業を展開するのですが、やがて、ある日、全てを部下に譲り、その仕事から身を引いてしまいます。

その理由を彼は話さないのですが、最愛の夫人が不治の病にかかりその療養生活に入ったこと、お子さんたちが皆さん立派な社会人になったことなどが推測されますが、それに加えてフィリピンの財閥の主人が百一歳で亡くなったこともその理由の一つと思われます。

彼は仕事を辞めてから、しばらくは、夫人が入っている施設を訪問をするだけの日々を送っていました。ところが、半年ばかりしたある日のこと、友人に誘われて栃木県にあるサニーガーデンという障がい者の施設を訪問します。

そこで彼は施設を熱心に視察しました。そして職員と話し込み、質問を重ね、更に障がい者たちとの話にも熱心に耳を傾ける。そして最後には、施設の経営者である理事長を捕まえて質問を浴びせたのです。

その帰路彼は自分に告げていた……

自分の一生は幸運に満ちていた。このまま、これからの残月を遊んで暮らしてはならない。これから、その恩返しをするのだ。

そうなると、もう黙っていられないのが彼の性格で、すぐさま会社を設立し、若い技術者を数人雇い自由に研究させはじめた。スタートして半年近くなるが、既にいくつかの介護に便利なものを造り始めているという。

彼は妻のいる病院と設立した会社に、ほぼ隔日に訪れる以外は、横浜の豪邸で好きな音楽を聴きピアノを弾く日々を送っている。

たまに、昔の友人に会うと、ナイロンのストッキングを売って食べた食事が未だに忘れられないと言って、豪快に笑う。

あとがき

私は子供の頃、「白鳥蘆花（ロカ）に入る」という言葉と、その解説を、父から何度か聞かされました。

白鳥が、群生する蘆（アシ）の中に舞い降りる。すると、白い白鳥の姿は白い蘆の花の中にすぐ消えてしまう。だが、白鳥が起こした花の揺れは、次第に広がっていき、やがて花のすべてをそよがせる。

確か、こんな解説でした。幼かった私には、よくその意味がわからなかったのですが、父がいつも解説の後に言った

「この白鳥が指導者（教育者）のあるべき理想の姿なのだ」

という言葉は記憶に強く残りました。

やがて、サラリーマンとして働き始めた私は、企業のトップを観察する機会があると、その人は、白鳥なのか、それとも、例えば黒い鷺のような人なのかと、観察するようになりました。

その結果は、父の説いた白鳥のような指導者は、ビジネスの世界には、まずいない、ということでした。

経営者と一緒に、社員が働く場所に入ると、社員に緊張が走るのが常でした。白鳥が白い花畑に入るのではなく、黒い鷲が地面に舞い降りたというような光景が多く見られました。

私は「白鳥蘆花に入る」という言葉は教育者に対してのみの言葉であって経営者には当てはまらないと結論していました。

ところが、一昨年、私は、初めてサニーガーデンを訪問する機会を得ました。そしてサニーガーデンで働く人々が、実に生き生きと働いているのに気付きました。今まで見たことがないと言っていい光景でした。

どうしてだろうという好奇心がつのってサニーガーデンの物語を書かせていただくことになりました。

もしかしたら、という予想が当たり、サニーガーデンのトップは白鳥でした。そして、その白鳥の周りには素晴らしい人材が集まり、仕事を楽しんでいる様子が浮かび上がってきました。

例えば、サニーガーデンの理事長に会ったことのない私の友人たちを連れてサニーガーデンを訪れ、廊下でサニーガーデンの職員の誰かと立ち話をしていたとします。そして、その横を理事長が通り過ぎたとします。すると、我々と話していた職員は、ちょっと、うなずく程度の挨拶で、緊張したり、頭を下げたりすることはありません。理事長を知らない私の友人たちは、着るものに全く無頓着で、ラフな姿の理事長を、きっと出入りの職人と思うでしょう。

これが私の発見したサニーガーデンの白鳥だったのです。

繰り返しますが、理事長が現れても職員たちは、緊張する様子はなく、また知らない人が見たら、ラフな服装の理事長を、出入りの職人さんと思うに違いないのです。

私は、この人は父が言っていた白鳥なのだと思いました。

そもそも「和気あいあい」という言葉から「藹藹（あいあい）会」という名前を施設のグループの名前と決めた人物は、白鳥でない筈はないと早く気が付くべきだったのです。そして、その和気藹藹の中で働く人々が生き生きとしていない筈がないと悟りました。

ところが、この理事長は、ただの白鳥ではありませんでした。

この本の第四話で記した人（障がい者）が急病で一刻も早く手術をしないと命が危ない。だが、その手術をするには親族の承諾がいるということが起こり、理事長は自ら担当の高山部長と二人で、大晦日の夜中に宇都宮から車を飛ばして川崎に住む母親から承諾書に印を貰って翌朝の手術に間に合わせたということがあったのです。

人命に関わることとは言え、数百人の組織を統括する人が、自ら大晦日の夜中に車を飛ばして宇都宮から川崎まで行くでしょうか？　こんなトップのもとで働く人たちが、生き生きとしていない筈がありません。


私の取材に協力して下さった橘さんと高山さんのお二人は、それぞれの職務の凄いエキスパートでした。

橘部長に微笑みかけられると、どんな悪人でも涙を流して後悔してしまうような優しい優しいほほえみの持ち主だし、また高山部長はいつも軽い冗談を交えながら、相手が嫌がる困難な処置や手当などをあっという間に終わらせてしまう。

どうやって、こんな適任者を探し出したのだろうとかと思いましたが、考えてみれば、白鳥のもとでは、素質があれば育つのは当たり前だと思い当たり、改めて「白鳥蘆花に入る」の言葉を思い出しました。

インタビューに応じて下さった十五名の方々に厚くお礼を申し上げます。

尚、病院の経営に詳しい友人、奥村進さんに、いろいろと貴重なアドバイスを頂きました。厚くお礼申し上げます。

またパソコンの操作に関して一方ならぬご指導を頂きました。久保田文平様に厚くお礼申し上げます。

そして、作家であると同時に、海外の現地法人に関する諸問題に関しての研究で高名な野地哲臣様に、この本に関して多くのご批判と、ご指導を頂きましたことを厚くお礼申し上げます。

最後に、多くの福祉施設の理事長である山村達夫様に最大のお礼を申し上げます。同氏の障がい者の福祉向上に対する強烈な意思がなければ、素晴らしい施設は生まれていなかっただろうと思うと、晩年の私にこんな意義のある素晴らしい素材を与えて下さった山村理事長に心からお礼申し上げる次第です。

「日本の障がい者施設の現状と問題」

社会福祉法人藹藹会　理事長　山村達夫

利用者は、起床し、着替え、朝食を済ませてから入浴と日中活動へと分かれる。昼食をはさみ、午後は静養する人もいれば、日中活動へ参加する者もいる。その後は、夕食をとり、就寝の準備をして、就寝となる。通常は穏やかな毎日を送っている。

障がい者施設を、直接見学した人は、それほど多くないかもしれない。閉鎖的で暗いイメージしか持たれていないのではなかろうか。

私たちが運営する施設は、主に身体に障がいを抱える人たちのための生活の場である。

ここで、少しだけ障がい者福祉の世界を紹介しておこう。

障がい者の世界というのは、この二十年ほどの間で、ずいぶんと変化というか進化してきている。

二十年ほど前に施行された契約制度以前は、措置制度といって、地方公共団体が、対象者を社会福祉施設に入所措置するというもので、地方公共団体が措置の実施者であった。

地方公共団体は委託費として、対象者の生活費及び施設の事務費を施設に支払い、施設は入所を受託した対象者にサービスを提供してきた。

対象者本人や、その扶養義務者に対して、負担能力に応じた費用を徴収することで、経営を行ってきた。

措置制度の時代、施設は、行政機関の下請けのような立場で、障がい児者を抱えるご家族の団体も強かったのかもしれない。

施設が開所される直前に、障がい者団体へ説明会を開催したときにも、「どうしてつくる前に我々に相談をしなかったのか」と問い詰められたこともあった。

たしかに、障がい児者を抱えるご家族は、自分の時間、生活、人生をわが子のために注いできたにちがいない。だからこそ、わが子が入所する、利用する施設が自分たちにとって都合の良いものとなることを望んでいた感があったのだろう。

社会全体の変化、公的責任の主題が「結果の平等」から「機会の平等」に移ってきたことや、地方自治体は福祉サービスの利用者と提供者を結びつけるコーディネーターとしての役割を期待されるようになったことを受け、二〇〇三年以降は、介護保険制度を追従するように「支援費制度」へと変わった。

ノーマライゼーションや障がい者の自立、社会参加を実現することを目的に、サービス利用者が提供者と対等の立場に立って、契約に基づいてサービスを利用するように改革されたのである。

それまでは、行政（地方自治体）がサービスを決定していたことから、利用者が自らの意思によって、自由にサービスを選ぶことができるようにするという画期的なものであった。

総括していえば「契約制度」への大転換となった。ところが、こうした変化についていけない人たちも存在する。

「藹藹会」は、二〇〇〇年四月に開所された。そのため措置制度の最後を経験し契約制度へ移行する狭間にあったことになる。これほどの大きな制度改革なので、施行の数年前から国レベルでは移行について議論されていた。これからは、利用者（障がい児者）を中心に据え、施設とご家族が互いを尊重しあい、利用者個人、ご家族一人一人の人生を豊かなものにしていこうという考えが、その根幹にあると感じた「藹藹会」では、新しい制度への対応への準備を進めていった。

そうしたなかで、「藹藹会」が属すグループ（エデュケアライズグループと呼んでいる）では、「教育と福祉を融合することで、地域社会に新しい価値を生み出す」ことをコンセプトとして掲げた。

利用者にとっての「施設という生活の場」において、日中の活動を充実させることで「生涯学習の場」に転換することが試みられていたのである。

このときに創られたスローガンが「Give them maximum opportunity」であった。利用者のみなさんに最大限の機会を、という意味である。

このような転換は、職員にとっては意外性以外のなにものでもなかった。

なぜなら、専門学校等での学びは、食事、排せつ、入浴の三大生活支援が中心となる内容であったからだ。だが、若い職員たちには吸収力があった。問題も多く引き起こしたが、ガッツがあったと、当初からいた職員は、回想する。

社会の変化は、職員にも大きく影響した。

その変化を大きくもたらしたのが二〇〇一年から二〇〇六年にかけて小泉純一郎内閣が掲げた経済政策スローガン、「聖域なき構造改革」である。とりわけ規制緩和と雇用に関しては、福祉の現場に限らず日本社会を、あるいは日本人の精神文化まで変えたのではないかと、感じている。

開所して以来、職員の意識、「働くとはどういうことなのか」が確実に変わってきている。そのひとつが、簡単に離職することである。そこには、様々な理由や背景が存在しているのだが、今の職場を離れれば、次の転職先ではうまくやっていける、というような気持ちを持つ若者が増えてきているように感じる。

さらには、現代社会で問題となっているヤングケアラーである。特に、福祉のような世界で働く意思のあるものは、根っからやさしいのである。彼らや彼女たちが家族のなかに介護を必要とする人がいた場合に、見て見ぬふりなどできるはずがない。でも、もっとも人生において自分自身を輝かせることができる時代を、家族の介護に費やさせていいものなのか。

福祉の現場における最大の価値は「人」である。障がいを抱える人たちの中で、誰一人、障がいを抱えたくて抱えた人はいない。人生を生きるうえでの「偶発性」でしかない。施設という生活の場で出逢う人たちも「偶発性」でしかない。だからこそ、そこで起きる「偶発」への挑戦が新しい可能性や学びへとつながり、個々人の成長、さらには組織の成長へとつながっているのである。

●著者略歴

下村徹（しもむら・とおる）

『次郎物語』の著者下村湖人の三男。1930年生まれ。

慶応義塾大学卒業後、石川県の大同工業の関連会社大同通商に入社。1956年より19年間米国の支店で勤務。1990年に大同通商本社の代表取締役専務、及び大同工業の海外事業担当取締役を辞任、年金生活に入る。

著書に『摩天楼の谷間から』『ドナウの叫び　ワグナー・ナンドール物語』『友を裏切った男』がある。

白鳥のいる場所
ある障がい者支援施設の物語

2023年12月19日　第1刷発行

著　者　下村 徹

イラスト　鈴木康治

発行者　太田宏司郎
発行所　株式会社パレード
大阪本社　〒530-0021　大阪府大阪市北区浮田1-1-8
TEL 06-6485-0766　FAX 06-6485-0767
東京支社　〒151-0051　東京都渋谷区千駄ヶ谷2-10-7
TEL 03-5413-3285　FAX 03-5413-3286
https://books.parade.co.jp
発売元　株式会社星雲社（共同出版社・流通責任出版社）
〒112-0005　東京都文京区水道1-3-30
TEL 03-3868-3275　FAX 03-3868-6588
装　幀　藤山めぐみ（PARADE Inc.）
印刷所　創栄図書印刷株式会社

本書の複写・複製を禁じます。落丁・乱丁本はお取り替えいたします。
©Toru Shimomura 2023 Printed in Japan
ISBN 978-4-434-32847-3　C0093